中国当代文学名家精品集

拉萨的天空

王宗仁 著

成都地图出版社
CHENGDU DITU CHUBANSHE

图书在版编目（CIP）数据

拉萨的天空 / 王宗仁著 . -- 成都：成都地图出版社有限公司, 2025.4. -- （中国当代文学名家精品集）.
ISBN 978-7-5557-2762-0

Ⅰ.I267

中国国家版本馆 CIP 数据核字第 2025N2G681 号

中国当代文学名家精品集：拉萨的天空
ZHONGGUO DANGDAI WENXUE MINGJIA JINGPIN JI: LASA DE TIANKONG

著　　者：	王宗仁
责任编辑：	王　颖
封面设计：	李　超

出版发行：	成都地图出版社有限公司
地　　址：	四川省成都市龙泉驿区建设路 2 号
邮政编码：	610100

印　　刷：	三河市人民印务有限公司

（如发现印装质量问题，影响阅读，请与印刷厂商联系调换）

开　　本：	710mm × 1000mm　1/16		
印　　张：	13	字　　数：	200 千字
版　　次：	2025 年 4 月第 1 版		
印　　次：	2025 年 4 月第 1 次印刷		
书　　号：	ISBN 978-7-5557-2762-0		
定　　价：	68.00 元		

版权所有，翻印必究

《中国当代文学名家精品集》
编 委 会

主　编　王子君

副主编　沈俊峰　陈　晨

编　委（按姓氏音序排列）

　　　　陈长吟　陈　晨　韩小蕙　李青松

　　　　聂虹影　孙　郁　沈俊峰　王必胜

　　　　王子君　徐　迅　朱　鸿

出版说明

2023年春,教育部等八部门印发《全国青少年学生读书行动实施方案》。随后,122家国家语言文字推广基地共同发出"典耀中华"主题读书行动倡议。一些具有文化情怀的出版社和文化公司,立即响应,策划各种适合青少年阅读的图书,《中国当代文学名家精品集》书系应运而生。

《中国当代文学名家精品集》书系由北京世图文轩文化发展有限公司(下称"世图文轩")策划,由成都地图出版社出版。我非常荣幸地受邀担任主编。

世图文轩成立于2010年,系北京市内乃至全国较有影响力的图书发行公司之一,曾获得"重合同守信用企业""诚信经营示范单位"等荣誉称号。长期以来,世图文轩和众多出版社就优质图书出版进行合作,获得了合作伙伴的一致好评。在"典耀中华"主题读书行动中,他们敏锐地抓住机遇,迅速策划主要以初、高中生为读者对象的大型书系选题,显现出他们的眼光、魄力与胸怀,以及对于文化市场的拓展理想。我相信,这样一家致力于图书策划、出版的公司,其品牌信誉是毋庸置疑的。

为成长中的青少年读者集中呈现名家优秀作品,是一件虽然困难,却功在当代、利在未来的大好事,我能参与其中,与有荣焉。我必须以一种高度的使命感、责任感以及担当精神来做好这个书系,成就这件大好事。

令人特别感动的是，刚开始组稿时，刘成章、王宗仁、陈慧瑛、韩小蕙、王剑冰、李青松、沈念等老师就对这个书系表现出极大的支持和信任，并在第一时间提供了书稿以示鼓励。很快，几乎所有得知此书系的作家都认为这是在为作家、为"典耀中华"主题读书行动做一件好事、大事。由此，我和我的临时编辑室成员获得了极大的信心，热情也更加高涨，此后连续十个月，我们整个身心都扑在了这件事上。

一个人只要用心做事，人们是会感受到的，也会默默地予以支持。事实上也是如此。随着组稿工作的开展，我们和作家们的沟通日益频繁，我们发现，他们除了都表现出对这个书系的兴趣与认可，对当代散文创作的发展、繁荣的前景，还有一种共同的期待与信心。这对我们无疑是一种更为巨大的鼓舞与动力。

组稿虽然也费了不少周折，但总体上比想象中顺利得多。当然，非常遗憾的是，一部分作者由于手头书稿版权等原因，未能加盟到这个书系。

组稿只是我们工作的一部分，更为具体、更为烦琐的，是审稿事务，它出乎意料的繁重，也占据了我们比预想的多得多的时间和精力。偶尔，我们也有点儿想放弃了，但是，想着这是一件功德无量的事，又兀自笑笑，继续埋头苦干。在这个过程中，感谢师友们对我们工作的配合、理解、支持与信任。

静下心来，切实感受审读、编辑工作的价值和意义。

书系里，名家荟萃，佳作如林。有的，曾代表过一种新的创作范式；有的，曾开启过一种创作方向；有的，对某一题材开掘出更深更独特的思想；有的，有引领某类题材与风格的新面貌；等等。毫不夸张地说，散文多角度多样式的表达，在这个书系里应有尽有，全景式、全方位地呈现出中国散文几十年的创作成果，是当代散文创作的一个缩影。

总体上，无论是题材、创作方法，还是思想容量，此书系都呈现了散文广阔的视野，让我们感受到散文天地的无垠无际。

具体来说，以下几个特点特别明显：

一、作者队伍可谓老中青完美结合。入选作者的年龄跨度最大达半个多世纪，上有鲐背之年的高龄名将，他们文学生命之树长青，宝刀不老，象征着老一辈散文家依然苍翠的文学生命力；最年轻的三十出头，他们雏凤声高，彰显散文创作的新生力量蓬勃兴旺的景象；一大批中壮年作家，是当代散文创作领域里当之无愧的中坚基石，他们的创作正处于繁花似锦的鼎盛时期，实力毕现。

二、题材多元多样，内容丰富多彩。书系中，既有涉及上下五千年历史的洒脱智慧的历史文化散文，又有让人惊艳的初次涉猎的新颖、独特题材。有人写亲情，有人写风景。有些人写自己的童年，让我们看到其成长时代；有些人写一个城市或一条河流的前世今生；有些人写自己对故乡的记忆，从更有新意的视角表现这个时代的巨变；有些人集中了自己几十年的写作精品，让我们看到他们的创作道路上的足迹；有些人专注于一个主题，开掘深挖，独具魅力；有些人关注时代、关注身边的人和事；有些人剖析自己的内心情感……总之，反映中华传统文化、红色文化和当代自然文学精粹的作品，在此书系里比比皆是，或温暖动人，或鼓舞人心。

三、风格百花齐放，个性特点鲜明。几十部作品，有的侧重写实，有的侧重抒情，有的注重开掘思想，有的追求内容唯美，有的描写细致入微，有的叙述天马行空……表现方式千姿百态。但无论哪种风格，无论如何表达，皆个性鲜明，情感饱满，呈现出思想性、艺术性、可读性兼备的特质，读者可以从中获得不同程度的启发，感受到散文的魅力。

四、女性作者跳出了人们对"女性散文"固有的观念。书系中占有一定比例的女性作者，她们的作品虽然仍保留细腻敏感的特色，但大都呈现出大气开阔、通透有力的格局。她们温柔而现代的行文表达，对读者来说有着更为别致的情感体验和人生借鉴意义。

总之，这个书系，将是我们打造阅读品牌的开端。如果你愿意静下心来阅读，你一定会有所收获。

习近平总书记在文艺工作座谈会上讲话时指出："优秀文艺作品反映着一个国家、一个民族的文化创造能力和水平。吸引、引导、启迪人们必须有好的作品，推动中华文化走出去也必须有好的作品。"我们希望，这个书系能成为读者眼里"正能量、有感染力，能够温润心灵、启迪心智，传得开、留得下，为人民群众所喜爱"的"优秀作品"。

在此，特别感谢沈俊峰、陈晨两位搭档的通力协作，我的编辑朋友梁芳、胡玉枝的倾力相助，以及世图文轩、成都地图出版社上上下下推进此书系出版的所有领导与师友的大力支持和耐心细致的工作。他们让我感受到了团队的力量。同时，也特别感谢出版方将我和我的搭档的作品纳入此书系，我们把此举视为对我们的"嘉奖"。

上述文字，不敢称"序"，不敢称"前言"，甚至不敢称"出版说明"，仅表达此书系的缘起和一些组稿、审读的感受，也许过于肤浅，还望广大作者、读者海涵。

《中国当代文学名家精品集》主编

目录

拉萨的天空 / 1

藏羚羊的跪拜 / 3

耐冬草不是花 / 5

有一只蚂蚁攀上世界屋脊 / 17

雪山赞歌 / 19

海拔五千三百米的军礼 / 32

三个战友 / 37

草原藏香 / 45

三条河在我桌头流淌 / 50

总会有一颗星在我头顶闪烁 / 53

昆仑山上一棵树 / 64

柴达木的河向西流 / 67

太阳里的藏羚羊 / 82

野马嘴里有清泉 / 86

一棵胡杨两样叶 / 89

长在树上的国旗 / 92

二道沟的月亮滩 / 96

可可西里有这样一只狐狸 / 99

盛夏到可可西里拥抱冬天 / 102

青藏线（节选）/ 105

彩裙灯 / 124

望柳庄 / 127

军靴绣上了格桑花 / 157

蚊子的亮点 / 161

昆仑窗 / 164

十八岁的墓碑 / 167

我和 "文艺" 半个世纪的交往（代后记）/ 192

拉萨的天空

四十多年间，我曾数十次到过日光城拉萨，每次看到那里的天空，都是那么湛蓝、透亮，好像用一种特制的清水洗过的宝石一样清爽。人们说话的声波能碰到蓝天，伸出手来能触摸到蓝天。有人在描述拉萨的天空时讲了这么一句话："掬蓝天洗脸"，说得实在精妙。我则常常这样想，也许是因为有贴着山顶的白云映衬，拉萨天空的湛蓝才越发显得深邃、纯净；也许是因为有拉萨河畔草地的对照，它的湛蓝才更加鲜活、美丽。

拉萨天空的蓝色是属于那种纯粹得淋漓尽致、无拘无束的色彩。它蓝得可以发出声音，它可以把你的视线冻住，使之长久地凝固在天幕的某个地方，让你尽情而贪婪地享受人间的碧蓝所带来的无限宽阔。我站在这个城市里任何一条并不讲究的街头或陋巷中，都会看到许多人在荧屏上和书本上看到过的那座高大的、依山而建的气势磅礴的房子——布达拉宫，它头顶的天空在一年四季中不管是深冬还是盛夏都净蓝净蓝地发亮。有了这蓝天，布达拉宫的雄伟、壮丽变得更加神秘、诱人！于是，我有了这样的猜想：拉萨的天空之所以这么湛蓝，就是因为有这座独特的圣殿，如果少了它，拉萨的天空就会冷得像结了冰，寂寞得像一所空房子。

在藏语中，拉萨是"圣地"的意思。那么，这湛蓝的天空就是

"圣地"的窗帘了。

就在浮云碧空下石块砌成的通往大昭寺的路上，我不时能看到一些磕着长头的虔诚的信徒，他们全身伏地，朝圣拜佛，一步一磕头，用即使伸长了仍然佝偻的身体丈量着大地。衣褶里雪霜搅和着沙尘和满脸的沧桑告诉人们，他们是从遥远的山那边、河那边匍匐而来的。这些朝觐者的手上戴着皮套，两个膝盖上扎绑着护膝，他们做好了应对旅途上一切艰险磨难的准备，然而他们心灵上因急切企盼而聚集的灼痛，因极度寂寞而结痂的伤痕，却是什么也难以抚慰和弥合的。漫长的朝圣路上，他们只知道磕头，从不说话。没有话语反而显得他们说了许多话。现在大昭寺就在眼前了，这是他们此行的终极目的地，也是极辉煌极鼓舞人心的最后一段里程。据说，磕长头到"圣地"来朝拜，一个人一生中只有一次。我没有想到在这些朝拜者的队伍里，竟然有一个藏族少年，他认真磕长头的动作怎么也掩盖不了他的笨拙。只剩下最后一个长头的距离，他就到大昭寺了，他却没有磕这个长头，而是突然站起来，大喊一声："拉萨！我的亲娘！"喊完后，他又静静地伏卧在地上，舒展着四肢，倾听着日光城从地心里传来的呼唤藏家儿女的声音。

藏族少年的头不偏不倚地正向着布达拉宫的方向。他从阿爷的嘴里知道，这圣殿的墙上彩绘着文成公主进藏的故事，他此次进日光城就是为了亲眼看看这位受到藏家人祖祖辈辈尊敬的公主的铜塑鎏金像。

就在藏族少年全身伏地在大昭寺前虔诚朝拜时，布达拉宫的金顶在蓝天下格外耀眼，闪金闪银。一朵白云飘飘而来，给蓝天平添一种美的律动……

藏羚羊的跪拜

这是听来的一个西藏故事。发生故事的年代距今有好些年了。可是，我每次乘车穿过藏北无人区时总会不由自主地想起故事的主人公——那只将母爱浓缩于深深一跪的藏羚羊。

那时候，枪杀、乱逮野生动物是不受法律惩罚的。当年可可西里举目可见的藏羚羊、野马、野驴、雪鸡、黄羊等，眼下已经成为凤毛麟角了。

当时，经常跑藏北的人总能看见一个肩披长发，留着浓密大胡子，脚蹬长统藏靴的老猎人在青藏公路附近活动。他无名无姓，云游四方，朝别藏北雪，夜宿江河源，饿时大火煮黄羊肉，渴时一碗冰雪水。猎获的那些皮张自然会卖来一笔钱，他除了自己消费一部分外，更多地用来救济路遇的朝圣者。每次老猎人在救济他们时总是含泪祝愿：上苍保佑，平安无事。

杀生和慈善在老猎人身上共存。

促使他放下手中的杈子枪，是在发生了这样一件事以后——应该说那天是他很有福气的日子。

大清早，他从帐篷里出来，伸伸懒腰，正准备喝一碗酥油茶时，突然瞅见对面几步之遥的草坡上站立着一只肥肥壮壮的藏羚羊。

他眼睛一亮，送上门来的美事！沉睡了一夜的他浑身立即涌上来一股清爽的劲头。他丝毫没有犹豫，转身回到帐篷拿来了杈子枪。

他举枪瞄了起来，奇怪的是，那只肥壮的藏羚羊并没有逃走，只是用乞求的眼神望着他，然后冲着他前行两步，两条前腿扑通一声跪了下来。

与此同时，只见两行长泪从它眼里流了出来。

老猎人的心头一软，扣扳机的手不由得松了一下。

西藏流行着一句老幼皆知的俗语：天上飞的鸟，地上跑的鼠，都是通人性的。此时藏羚羊给他下跪自然是求他饶命了。

他是个猎手，不被藏羚羊的求饶打动是情理中的事。

他双眼一闭，扳机在手指下一动，枪声响起，那只藏羚羊便栽倒在地。

它倒地后仍是跪卧的姿势，两行泪迹也清晰地留着。

那天，老猎人没有像往日那样当即将猎获的藏羚羊开宰、扒皮。他的眼前老是浮现着给他跪拜的那只藏羚羊。他觉得有些蹊跷，藏羚羊为什么要下跪？这是他几十年狩猎生涯中唯一见到的一次情景。夜里，躺在地铺上他也久久难以入眠，双手一直颤抖着。

次日，老猎人怀着忐忑不安的心情将那只藏羚羊开膛扒皮，他的手仍在颤抖。腹腔在刀刃下打开了，他吃惊得叫出了声，手中的屠刀咣当一声掉在地上。原来在藏羚羊的肚子里，静静地卧着一只小藏羚羊，它已经成形，自然是死了。这时候，老猎人才明白为什么那只藏羚羊的身体肥肥壮壮，也才明白它为什么要弯下笨重的身子向自己下跪：它是在求猎人留下自己孩子的一条命呀！

天下所有慈母的跪拜，包括动物在内，都是神圣的。

当天，他没有出猎，在山坡上挖了个坑，将那只藏羚羊连同它那没有出世的孩子掩埋了。同时埋掉的，还有他的杈子枪。

从此，这个老猎人在藏北草原上消失了。没人知道他的下落。

耐冬草不是花

你对这份报告也许不理解

如果不是那个夏天——也就是姚志祥被评上建设柴达木盆地社会主义积极分子不久,我来到格尔木管线团驻地,看到那份墨水和着鲜血写的申请报告,我就失去了一次对他更深层的了解机会。这次了解使我对他的人生有了豁然开朗的认识。这之前我曾七次采访过他,也写了一些关于他的文字,比如《昆仑山中耐冬花》等。其实耐冬花是草,人们偏爱它便称其为花,但那毕竟只是一朵花。花到了极致才为"魂"。这次我拿着这份申请报告找到了"花魂"。姚志祥和雪山上的耐冬花一起成长,从某个意义上说,耐冬花只是他的一个身份,他的人生比耐冬花精彩、耐琢磨。

姚总是管线团副团长兼总工程师。他一年四季总是那身着装:头上压着一顶被寒风冷雪侵袭得绒毛仿佛已经失去大半暖意的毛皮帽,衣领上的上校军衔(后来是大校)被略显肥大的工作服半遮半掩,脚上那双厚墩墩的皮毛棉鞋迈出去简直能把昆仑山踢掉一个角。这次见面他已经五十五岁了,按照军队规定的专业技术干部服役年限,他离退休的日子已经不远了。前不久,他又一次递上了申请报告,请求组织批准他退休后还留在现在的工作岗位上,继续为国防建设发挥余热。姚总特别说明:待遇上没有任何格外的要求,一切都按退休后的规定办,只请求离职不离岗。

他对退休后的这种安排,一般人不好理解。在冰天雪地里拼死拼活地工作了二十多年,哪一个高原人身上不落个高原后遗症?轻者腰痛腿脚不灵便,重者肺和心脏变异。现在熬出来了,退休了,完全可以对着昆仑山下的烈士陵园行个军礼,祝愿长眠在那里的七百多名战友静静安息,然后打道回府,到内地找个舒适的地方安度晚年。为什么呀,到底为什么呀,姚总,你退休了还要待在高原?

我据多年和他的交往,对他这一行为还是可以理解的。但是我仍然要让他掏出心底里最私密的想法,毕竟他这样的选择太出乎一般人的意料。于是,我问他:"部队在西宁、西安都为退休干部安排了住房,你怎么非要在昆仑山下安家?老伴和孩子们是怎么想的?"

这一问不知触到了他的哪个痛点,他举起手背抹去终于流出来的热泪,说:"我离不开高原呀,离不开管线!它已经和我身上的血脉连通起来了!"稍停,他才说,"走,到我家里串串门!"

老姚带着我和与我同行的作家窦孝鹏,来到了他在团部的家。那是一座土木结构的二层小楼,上下相加不足一百平方米。与它平行而立的还有五座这样的土楼,都是管线团几位领导的办公室兼宿舍。老姚说,退休后他要把这座小土楼交给团里,按照原样在昆仑山下的雪水河畔建一座小楼,那就是自己真正的家了。他说这些时眼眶里的泪水几次涌出。我能理解他,又仿佛不完全理解,便问:"为什么偏要选在昆仑山下,又按原样建房?"

"总得有个家吧,家的地址选在这里才最合适!"

他说着摊开一张地图,那是格尔木至拉萨地下输油管线平面图。管线的起点是离格尔木约三十公里的雪水河,那里是数千里输油管线的第一个泵站——雪水河泵站。

我明白了,他是离不开输油管线啊!

我回过头,问姚总的爱人唐菊香:"姚总退休后打算在格尔木安家,是你们商量决定的吧?"

未等妻子说话,姚总抢先回答:"是全家人一致的意见!"

唐菊香说:"嫁鸡随鸡,嫁狗随狗吧!"她说着笑了,先冲着老姚笑,随后又冲着我们笑。她的笑脸香香的,很像一朵葵花,守着籽盘不分枝,整齐而美丽。

这时,姚总把那个申请报告的底稿递给我,我接过读着,自觉手中这张薄薄的纸有千斤重……

这棵小草,是天敌还是卫士?

横穿世界屋脊青藏高原的地下输油管道,全长一千零八十公里,起自昆仑山下的南山口,终点为拉萨。它像一条气势磅礴的巨龙,跨越雪水河、楚玛尔河、沱沱河、通天河等一百零八条大小河流,翻越昆仑山、风火山、唐古拉山等九座雪山,途经多处盐碱地、沼泽地,以及五百六十多公里冻土地带,有九百多公里通过海拔四千米以上的高寒地区。沿途年平均冰冻期为七个月以上。这条管线可依次将格尔木炼油厂生产的汽油、柴油、航空煤油、灯用油四个品种五个型号的油料输送到西藏。它一旦发生故障,西藏高原就没有了光明和动力。

在漫长的管道线上,每隔数十公里或百余公里就有一个输油泵站,管线团的指战员们终年生活在高寒缺氧的雪线上,担负着输送油料和养护管道的任务。姚志祥是团里唯一的总工程师,可以想象他肩负的任务有多繁重,又多么重要!他是管线团第二任总工程师,相对第一任总工程师而言,他的任务当然要轻一些,但是他面对着前任总工程师和技术人员没过的艰难:这条管道设计的运行年限是十四年,姚总走上这个工作岗位时,管道已经超过了"服役"年限。他只能使出加倍的精力和时间对待这个"超期服役的无言战友"——他总是把输油管道视为自己的战友。不是吗？人只有用心呵护它，它才能发挥最大的效能。

那是管道运转到二十年时，姚总带着人马要对管道进行一次全面的检测、维修。这项工作严谨又繁琐。管道深埋在地下一米或两米的地方，他们从管道的起点雪水河开始，每一二公里挖一个坑，一直挖到拉萨，共挖了大几百个坑。挖坑，让管道暴露，然后剥掉防腐层，用仪器测试管道的外壁、内壁，看它还能承受多大压力，泵可以给它提供多少动力。一旦发现漏点，及时补漏、维修。管道的防腐层分里、中、外三层。里层有四层热力沥青，中间是三层玻璃纤维布，外层是聚氯乙烯防腐塑料布。防腐层可以防水、防草，还要与水、土绝缘。防草？沼泽地带有些草生命力极顽强，管道一旦有一点裂缝或咬边处，它就会钻进去，生长，破坏管道……

焊接漏点，更是一件十分琐碎又十分精细的工作。焊接处要设置临时保温棚，以防雨、雪、冰雹、风沙的侵扰。还要用木板堵住管道的另一端管口，防止冷空气在管内流动，影响焊接合格率。如果管道穿河而过，人就得屈身踏水工作；如果管道悬在陡坡上，人就得双手并脚攀登工作；如果遇上雪野，就得和衣跪地劳作……那次检修管道，姚总和同志们焊接了一千零八十二个缝口，每个焊口都是优质记录！

姚总给我详细地讲了藏北大草原那段输油管道的复杂情况，以及他们的维护情况。

这里属于高浓度盐碱沼泽地段，黑黏土，水深草盛。它是牛羊天然的好牧场，却是管道不共戴天的天敌。水草中长年寄生着一种细菌，专吃管道的沥青防腐层。防腐层被破坏，说不定什么时候那一段管道就会腐烂、穿孔、破裂；另外，水草地上生长着成片芦苇似的小草，叶子倒柔柔的，可根须却异常坚硬，像刀一样利，它一点一点向管道挤压，慢慢地有些根就钻进了管道。随之，水土渗入进去，管道废弃……

我是在姚总的小土楼里听他讲管线的故事的。真没想到，看起来粗手笨脚的他，却是粗中有细的精明人。这时他从一本摩挲得封皮卷了角的书页里拿出一棵草，摊放在手掌上，伸到我面前："就是它，咬我们的管道！"他把"咬"字念得格外吃劲，我分明听见他的牙齿在碰响。

那草的叶子是椭圆状，最凸显的是它的根端，尖尖的，犹如不示弱的刀尖。整片叶子因为绿汁早已经枯干，只留一条条脉纹，有棱有角地衬托着尖尖的根。

姚总说，不要小看这棵小草，它咬铁啃钢，我们的输油管道也怕它。谁也不知它的名字，我们开始都叫它耐冬草，后来又改叫耐冬花！称它为花，是因为我们不久就发现它的另一面我们可以利用。耐冬草含有一种毒液，能毒死地鼠。而地鼠也是破坏管道的天敌。有了耐冬草，地鼠就远离管道了。我们勤检查管道，不让耐冬草靠近管道，它就可以成为防鼠的卫士了。大自然真是有意思，神奇又奥妙。姚总用赞美的口吻讲"管敌"耐冬草，这使我联想到，在战场上总有一些常胜将军，他们常常"以敌化友"，用敌人对付"我们"的办法，对付"他们"，以其人之道还治其人之身，取得胜利。

姚总懂兵法。这也是我那年写《昆仑山中耐冬花》的缘由。

我的兴趣大增，便说，姚总，你接着讲你和战友们的故事吧……

团史展览馆的八双帆布手套

那是输油管道通油后的第五个年头。

紧贴着昆仑河底穿过的三百米管道，由于夏天不断突发而来的洪水冲击，冬天又封冻在坚如磐石的冰层中，一来二去，防腐层被剥得干干净净。暴露在光天化日之下的赤褐色管道如同弹簧一样，忽忽悠悠地在水中颤动，指不定什么时候它就断裂了。

杨秀德副团长带领技术人员和包工队干了两年，把二十万元扔进了昆仑河，管道却没有修好。也难为这位副团长了，他是在一种怎样险恶的环境下施工的呀！昆仑河是从千年积雪加冰的雪山上淌下来的雪水河，以每公里十米的落差咆哮而来。与其说这是一条河流，倒不如说成瀑布更恰当。浪涛汹涌，拍岸撞崖的吼声震撼九天。两岸的岩石被恶浪冲击得沟壑纵横，河底的输油管道在奔涌的激流里显得那么脆弱。杨副团长在两年的两个施工期内，虽然一次又一次地组织突击队去冲锋，但是最终还是没拿下这个"山头"。

那三百米的管道仍然颤颤巍巍地袒露在河床上。

就是在这个时刻，团里指定姚志祥为总负责人，赶到昆仑河去紧急抢修管道。"紧急"二字用在这里绝非耸人听闻。当时已经到了10月10日，施工季节只剩下二十来天。进入11月，昆仑山天寒地冻、滴水成冰，根本无法施工，又要推迟到来年夏天才可以动工。耽误不得呀！

姚总来到现场，去角角落落转了一圈，突然生出的一个念头使他心里很不自在：人家杨副团长干了两年，没有拿下。我去逞能，杨副团长会怎么想呢？我干好了，等于给杨副团长脸上抹黑。干不好，别人又会说，瞧你老姚，还不是半斤八两。没有金刚钻，就别揽瓷器活嘛！这时，一位要好的战友拉着姚志祥的衣角，悄悄地递话："老姚，这半拉子工程挨不得手，别当傻子了！"姚志祥听了心里咯噔了一下，深思起来。

杨秀德得知有人拿自己说事，给姚志祥吹冷风，便主动登门拜访姚志祥，诚恳地说："老姚，你就放手干吧！我老杨栽了是因为能力有限，怨不得别人！我干不成，怎么能挡着道不让别人干呢？你是大学生，有知识，一定会成功的！"

姚志祥说："杨副团长，有你这番话，我老姚心里有底了！我一定要想尽一切办法把管道抢修成功！"

杨秀德一把攥住老姚的手，说："好！成功了给咱团里争光，到时候我请你喝酒！"

杨副团长陪着姚总来到昆仑河施工现场，面对那雄狮狂舞般的河水，诚恳地讲了自己的教训："我在这里摔了一跤，现在才明白，我只想着征服昆仑河，却没有想到要服从它，所以我失败了！"

姚总问："服从？怎么服从它？"

"就是要承认它的凶猛，了解它的凶猛，掌握它凶猛的规律，这样才有可能征服它！"

姚总说："你说得好，咱们想到一块儿去了。我们必须摸清昆仑河的脾气，然后牵着它的鼻子，让它听我们召唤！"

激战昆仑河的战斗在一个旭日东升的黎明打响。

姚志祥经过反复勘测，多次开会让大家献计献策，又采纳了杨副团长的建议，最后制定出了这样的施工方案：第一步拦截昆仑河，强行让其改道，将管道暴露于河床上；第二步，组织战士们击水而战，在裸露的河道里开挖一条三百米长的管槽，把管道放到河床之下；第三步，修复管道。

三个白天钢钎叮当。

三个夜晚灯火通明。

一条三百米长的导流渠终于修成。昆仑河改道了，第一场战役取得胜利。姚志祥站在裸露着碎石的河床上，用舌头舔了舔干裂得有了血缝的嘴唇，说："同志们，今天我们就破一次例，晚饭时每个人可以喝两盅酒。一是对我们的筑坝引流成功表示祝贺；二是喝杯酒提提精神，准备迎接更艰巨的战斗！"

这祝酒词实际上已经拉开了"车轮战"的序幕。

这天晚餐，用床板支起的每个餐桌上，果然多了一瓶"江津白"，酒瓶盖子是姚志祥一个一个亲手拧开的。

有的战士只喝了两盅酒，饭也没吃饱，就按捺不住求战的亢奋心情，箭步跑到工地上抢起钎锹干起来了。

"车轮战"打了三天四夜，太阳和月亮在战士们眼里交替换班。姚志祥心疼这些干起来总是忘了休息的可爱的战士，便宣布休息一天，养精蓄锐。第五天开始了第三场战役。

一直称强狂傲的昆仑山，仿佛在这些士兵们遏制不住的干劲中矮了许多。几乎每个小时都有人被高山反应击倒，几乎每个小时都有苏醒过来的兵重返战斗第一线。姚志祥没有小伙子们那股捅天撞地的虎劲，不能抡大锤、掌钢钎，只好扛着水泥袋，呼哧带喘地向浇铸组跑。他的脸上溅满了泥浆、水滴，军衣上落了一层冰凌。他已经两天两夜没有正经地合眼了，很困。战士们不忍心让他们的姚总这样拼命，说，姚总，你睡一会儿再干吧！他说，我刚刚睡过了。他的确"睡"过了，可那是怎么"睡"的呢？他这个"睡觉"的方式实在太奇特了，太少见了。扛着水泥袋，边走边"睡"，"睡"一次五六秒钟。常常是脚下一滑，或一声机械的隆吼，惊醒了他……他就是这么"睡"的。一次，他扛着水泥袋，刚"睡"着，就撞在了一个水泥罐上，眼镜撞得粉碎，脸上撞了个大包……

三百米的管道终于从昆仑河底穿过，比原计划提前两天告捷。

这次激战昆仑河，姚志祥的帆布手套磨破了八双。

杨秀德副团长见到胜利归来的姚志祥，第一句话就说："老姚，我佩服你！咱说话算数，我请客，喝酒！"

姚志祥没有推辞，按相约的时间到了杨秀德的家里。这是家宴，备有白干。杨秀德端起斟得满满的酒杯，对老姚还是那句话："我服你了！"

说着，眼里就涌满了泪花。

席间，杨秀德提起了姚总的那八双磨坏了的帆布手套："老姚，手套保存好，咱们团史展览馆要收藏……"

我走进团史展览馆，在一个玻璃匣前站住。展放在里面的八双帆布手套静静地躺着，好像有些疲劳的样子，半睡半醒，上面的破洞处蓬乱着几条线头。我感觉得出，姚总的手还紧紧攥着它，它依然散发着一个劳动者回天之力的手劲……

姚总没有陪我来团史展览馆。他说，你自己去看吧，我就不去了。他没说为什么不来，我也没问……但是我能理解他，手套成了文物，它们曾经耗去了他那么多的体力和心血……

经幡要诉说新故事

那年春节刚过，姚志祥就带领一个排的兵力，到西藏某地的三百公里管道线上执行巡线任务。

原来，当时"格拉管道"刚通油不久，那里还没有建起输油泵站。这样，三百公里管道的运行和维护就暂时处于失控状态。只有加强巡线才能保证全线管道安全运转。

姚总和二十五名战士乘坐解放牌大卡车，顶着西藏二月尖利的寒风，落脚于藏北的当雄，住进了"干打垒"房里。从此，他们以这里为大本营，向南上拉萨，朝北奔那曲，开始了步行巡线。日出出发，日落归营，他们巡线六个多月，直到泵站建成。二百零一天，跋涉了三万多公里。

二百零一天，他们虽然跨越的是春夏两个季节，但是，几乎每天都在风雪弥漫中跋涉。西藏的许多地方，一年只有一个季节：冬天。一年只刮一次风：从大年初一刮到大年三十。二百零一天，无论刮风、飘雪、下雨，他们天天乘坐大卡车外出巡线。战士们戏称解放牌汽车的大厢是"解放旅馆"。姚总笑说："我们不是旅馆的客人，而是旅馆的主人。"二百零一天,他们每天每人带上两个馒头,挎一个军用水壶,这就是他们的午餐。每次到了中午吃饭时,馒头冻成了硬坨,水壶里的水也有了冰碴,难嚼难咽。二百零一天,他们下了汽车后,每人扛一把铁锹沿着管道巡线,踏过沼泽,踩过草滩,走过冰川……

六个月中,姚总每天都要跟随战士巡线,战士们步行十公里,他半步也不少走。他也像战士们一样,常常吃不好中午饭,饿着肚子巡线。有时候他带的那两个馒头,因为保管得妥善没有冻冰,就让给身体弱的战士吃。别人问他,姚总,你使什么魔法让馒头没有冻冰?他笑而不答,只是指指自己的心口。原来他是用胸膛暖着馒头呢!艰苦的野外生活,使年龄比战士大一倍的姚志祥的身体整个瘦了一圈。战士们说:"每天只要看到姚总第一个站在卡车的大厢里,我们心里就是有一点怕苦怕冷的怨气,也张不开嘴了!"榜样的力量支撑起士兵们的心帆。

姚总在巡线时表现得机智而细心,大家心悦诚服。一次,他在拉萨河谷堆龙德庆县境内巡线,刚走进一片开满油菜花的田间,老远就看见有两个藏族同胞正猫着腰用铁锹挖着什么,他便加快脚步往前赶。那两人见来了金珠玛米(藏语,解放军),立即走开了,转眼便消失在旁边不远的村子里。姚志祥纳闷:他们在干什么呢?

他上前一看,管道旁边的地上掘开了脸盆大的一个坑。显然是那两个藏族同胞所为,他们为什么要挖坑?姚志祥抬头四顾,田野静无一人,只有村子里的藏式屋顶上挂着一串串经幡,在寒风中叭叭地响着,好像要向他诉说什么。他决定到村子里走一趟,弄清楚那两人诡秘的行迹。

那两人并没走开,他们站在村口正笑声朗朗地聊天,比比画画聊得好开心。姚总把刚才看到管道旁有坑的事说了出来,两个藏族同胞听了很爽快地承认是他们挖的坑,全然没有当回事。

为此,便有了后面姚总和两个藏族同胞的对话:"你们千万不要在输油管道附近挖坑刨洞，这条管道是给西藏运送油料的，像人身上的血管一样重要！"

"我们当然知道这是金珠玛米的大油管，没有伤着它，只是从大油管下面掏了个坑，让水流过去好浇田，地里的青稞旱得都弯下了腰，我们心里着急呀！"

"没伤着管道？根本不可能像你说的那么简单。管道本来固定在地下，你在这儿挖条沟，他在那儿掏个洞，管道失去了固定，总有一天会因为松动而破裂！"

"管道破裂？我们浇地时挖条沟，不浇地时把沟填上，这样还不行吗？"

姚志祥摇摇头，说："绝对不行。"接着，他给这些直爽却对外面世界知之甚少的藏族同胞讲了这条输油管道的重要性：这是当年周总理批准建成的一条输油管道，它起自昆仑山下的格尔木炼油厂，把柴达木盆地产的油料输送到西藏。管道一旦出了问题，西藏断了油，那会出现什么后果呢？飞机飞不出贡嘎机场，汽车卧在布达拉宫广场开不动，拉萨城变得一片黑暗……整个西藏都失去光明也没有了动力！就连喇嘛庙也看不到一星亮光……

这时，已经围上来了不少藏族同胞，男的女的，老的少的，还有几个身披袈裟的僧人也夹杂在人群里，把姚志祥围了个水泄不通。他们七嘴八舌地议论起来，听得出是在惊叹这条油龙原来有如此神奇的作用。那两个藏族同胞这阵子悄悄走出人群，再没回来。

姚志祥牵挂着他俩，问身边的人，没想到是一位僧人抢着回答："他俩在赎罪，把刚才挖的那个坑填埋了……"

此刻，头顶的太阳钻出云层，给拉萨河谷撒满金色光波。最耀眼的还要数不远处藏式屋顶上那一串串经幡，它分明要向来往的路人诉说一个最新发生在西藏的故事……

我离开了昆仑山,坐在返回北京的火车上。

我的眼前一直浮现着雪山上的那些硬而不屈的耐冬草。它是输油管道的天敌,吃铁咬钢,可是在姚志祥的眼里它成了花——英雄花,成为管道的卫士。大自然中蕴藏着无限的神秘力量!姚志祥们为自己的情思,也为大自然的归宿找到了适当表达的空间,把人类的智慧和大自然的精神融合在一起。

当初对耐冬草的认识有多么肤浅,如今对它的理解才能如此深邃而丰满!但耐冬草是草,毕竟不是花。它们的区别在于:"花"是看的,而"草",在做。

有一只蚂蚁攀上世界屋脊

如果是一只鹰，它就是在珠穆朗玛峰之巅盘旋，我也不足为奇，因为鹰是英雄的象征。现在的问题是它是一只蚂蚁，一只用小拇指就足以结束其生命的蚂蚁。它竟然莫名其妙地攀上了世界屋脊。

这里是海拔五千三百米的唐古拉山兵站驻地，当然与海拔八千八百多米的珠峰相比，它还是低了许多。可是当这只蚂蚁堂而皇之地出现后，人们还是大惊失色。生物禁区，寸草不生，是连最抗寒耐缺氧的西藏牦牛都不能久留的地方，怎么突然闯来了一只蚂蚁！

这是 2002 年 7 月一个旭日喷散着霞云的早晨，从观日峰归来的路上，我发现了这只蚂蚁。说来纯属缘分，就在我捡拾掉在地上的手套时，看见了它。当时它在一片夏日未曾消融的残雪上缓缓地移动着，似乎是那种挣扎着的蠕动，走走，停停，但一直在前行。可以毫不夸张地说，这个小小生命的顽强出现，除了让我惊喜，更多的是让我敬佩。我止步，蹲下，深情无限地看着它！

也许是我惊动了它，它中止了爬动，静卧在地。我能看得出是那种长途跋涉之后舒展的、散放式的静卧。我看到它头部的两根触角在有一下无一下地微动着。我猜想着：此刻，它一定感觉到它躯体下的五千三百米不再是高度，而是可以让它舒展身子歇息的如同草滩一样的什么地方。要不它怎么会那样舒坦地伏卧着！我也突然有了这样的联想：生活中许多可望而不可即的事情,当你实现它时你会突然觉得,其实所有的付出都是可以换来意外收获的。即使在你很迷茫的时候,也不要为你选择的目标放弃付出,这样意外的收获将随时伴随你。所以人要珍惜付出,珍惜付出比庆贺收获更重要!一只生命弱小的蚂蚁攀上了世界屋脊,谁敢相信?但是谁也不能不相信。接下来人们才会发出这样的疑问:它是怎么攀上来的,攀了多久?追寻这样的答案当然重要,但似乎又不那么重要。反正蚂蚁是攀上了世界屋脊,铁定的事实!

我继续关注这只比鹰还让我敬佩的蚂蚁。它还在静卧不动。我以手当扇,轻轻地扇动一下便起了一阵微风。它动了下,又静卧了。我再扇,它再动……大概这样重复地扇动了五六次,它就再也不动了。

我确定,它是死了!

我很伤感!从未有过的伤感!这个喧嚣的世界,那么多寂寞的生命,它们让生活有了希望,有了动力。可是它们却总是过早地经历了黑夜。但我又想,即使短命的花也不必忧伤,它们毕竟让这个喧嚣的世界有了让人值得珍惜的美好。

那个霞光四射的早晨,我为这只蚂蚁举行了寂寞的葬礼。我选了世界屋脊上的一个高地,掘坑,掩埋了它。小小的一堆土丘。但是它比五千三百米高。哪怕高一点点,那也比五千三百米高……

我转过身准备回兵站,这才发现身后不知什么时候站了两个兵,他们脱帽肃立,为远行的蚂蚁送行……

雪山赞歌

> 当我掘开唐古拉山的腹地，从历史的深处挖出掩埋了近半个世纪的一段故事时，发现这故事它还是那么鲜活，醇香！
>
> ——题记

长年在世界屋脊青藏公路上奔驰的几支汽车团队，都毫不例外地是从战争的硝烟中走出来的，是经过千锤百炼的钢铁运输线。我所在的那个汽车团，组建于解放战争的枪炮声中。后赴朝参战，归国后落脚华北，执行国防施工任务。1955年奉命上高原，当时上级的承诺是：临时执勤三个月，再返回原驻地。

承诺经常有不能兑现的时候。如今已经是四十三年了，他们仍然在青藏线上奔驰着。从三个月到四十三年，把多少白皮嫩肉的新兵熬炼成了脸膛黑红的"老高原"。

在我们团里，几乎人人都会说出这样一首顺口溜：

> 抗过美，援过朝，
> 东海岸边洗过澡，
> 天安门前出过操，
> 唐古拉山抛过锚。

"唐古拉山抛过锚",这也值得炫耀?值得骄傲?是的,值得骄傲!值得大书特书!

那一次在雪山上抛锚整整二十五个昼夜呀……

这是高原上最寒冷的一个冬季——1956年12月29日,我们汽车团运载一批进藏物资,由副团长张功和一营营长张洪声带领车队从西宁出发,直奔拉萨。

这支车队共七十五台汽车,装载三百九十吨战备物资,驾驶员、助手再加上跟车干部共二百零四人。

车队出发后的第三天,他们在柴达木盆地的都兰兵站送走了1956年,迎来了1957年元旦。新年的第一天,空气清冷,红日高悬,大地铺满金灿灿的朝晖。车队告别晨曦中的都兰,夹裹着雪水河的寒气,向着前方行驶。

公路边半裸的河床在车轮下渐渐变瘦。

驾驶室里的日历被一张张碾碎。

1月10日,车队从唐古拉山下的温泉兵站出发。当日的行车计划是:行程一百五十二公里,晚上投宿于山那边西藏的安多买马兵站。

这一天的全部路程都在唐古拉山上。没想到,车队出发后只行驶了四五十公里,天空就突然飘起了雪花。最初谁也没把下雪当回事,照样行车。不料,那雪越下越大,风也刮得一阵紧似一阵。事后有人问了气象站,得知这风有十级左右。暴风卷着雪片、砂石,像棉絮团块一般飞旋在车前车后,车窗玻璃被砸得叮咣乱响。公路全部被一道道雪墙淹没,驾驶员什么也看不见了。

糟糕!车队遇到了百年罕见的暴风雪,被迫停驶,东歪着一辆,西窝着一台,车辆哩哩啦啦地在唐古拉山的坡地上摆了三四公里长。

此处,海拔五千米,气温大约在零下五十摄氏度。

车队面临着一场估不透的严峻考验……

山上的积雪大部分没及膝上，雪厚的地方达一米左右。所有的沟坎、山谷、悬崖，都被雪填平了，人和汽车如果贸然行动，一旦掉进雪窝里就别打算出来。

张洪声顶着暴风，从车队的头走到尾，看到的情况使他的心情十分沉重。几乎人人都产生了高山反应，严重者靠着驾驶室连半步也不想动。大部分人则呆立车前，没有了主张，等待着领导发话。

张洪声艰难地走上一个积着厚雪的高坎，双手卷成喇叭筒，放在嘴边，对大家说：

"除了重病号留下看车外，其他人都自找工具，挖雪开路！"

于是，一场近乎原始的清除雪障的劳动开始了：有的用铁锹铲雪，有的用脸盆舀雪，有的用撬棒打雪，有的用汽车挡地板推雪，还有的索性用戴着手套的双手扒雪……

雪很厚。路更长。

战士们的忧虑挂满山间。

两天过去了，车队才往前挪动了一公里。有的车已经耗完油，停驶了。

张洪声做了最坏的打算：一旦突围不出去，就让大部分汽车熄火，把油料集中到一台车上，想办法开下山到兵站去求救。

路，在指战员们吭哧吭哧的粗声喘气中，继续缓慢地延伸……

正是在这个时刻，一营教导员张广林坐的救济车拉着一车柴油赶上来了。原来10日早晨车队从温泉出发后，迟了一个小时才上路的张广林发现山上弥漫起了大雪，他估计会有麻烦事出现，便从兵站装了一车油。他当时的想法是，如果大雪把车队捂在山上，这车油肯定会起到雪里送炭的作用，如果车队安全无事，把油卸到山上道班就是了。张洪声见了张广林，一把攥住他的手，说："你拉来的是救命油呀！"

夜里，黑乎乎的世界屋脊格外阴森，寒心的暴风不知从荒野的什么地方窜出来,释放出狼嚎鬼叫般的怒吼。

火,浸入骨髓的寒气只有火才能驱逐走。

战士们翻箱倒柜地搜罗到一些劈柴和擦车布,又扒开路边的积雪拣了点牦牛粪什么的,堆放在一起,泼上废油,点起一堆堆篝火。

这时候,火是雪山的心脏。有了它,兵们就有了家的感觉,就有了方向,有了信心!

熊熊燃烧的篝火,烧红了唐古拉山。

张洪声突然想到了一个问题:不能生这么多的火!于是他逐车地对驾驶员们说:灭掉一些火吧,太浪费了!大家都忍耐一点,尽量往一堆挤,这样可以省下些柴火。我们在山上熬的日子还不知有多长呢!

篝火烧完了一个黑夜,又一个黑夜……

滞留山上的第五天,吃的东西没有了,同志们一个个都蔫头耷脑,十分饥累。早上起来后,驾驶员们陆陆续续往不远处的道班走去,道班卖稀饭,一碗一元钱。那时候的一元钱呀,几乎等于一周的伙食费!但是他们还得硬着头皮去买,填饱肚子是大事!车队有限量,只许每人一次喝一碗稀饭,驾驶员小李喝了一碗稀饭,只填了那空肚子的一个角,根本不能解决问题。他又去到别处找吃的了,哪儿能有什么东西可以填饱他空空的胃囊?他不知道。他漫无边际,毫无目的地走着。如果能遇到一只被暴风击落的飞鸟,如果能碰上一只被酷寒冻死的地鼠,如果能拣到一碗牧人遗弃的残汤剩菜……他相信他会像在老家过年时吃饺子那样香香甜甜地饱餐一顿。可是,现在什么都没有,只有暴风,只有狂雪。

小李满怀希望地、却又一次次失望地在雪山上走着,转着……

突然,他发现前面山洼里有一缕烟雾在清冷的天地间弯弯曲曲地飘散着。他的心里一热,有烟必有人!好些天了,他除了和车队的战友们以及那四五个道班工人照面外,就再没有见过什么人。心里好憋闷呀!

现在也许要见到他上山以来碰到的第一个"外星人"了，他的脚步不由自主地迈得快起来。

小李来到山洼里一看，原来这里停放着两辆地方的汽车，两个司机蹲在一个避风的坑洼处，用脸盆熬着面糊糊。他们先发现了小李，其中一个年龄稍大点的司机搭话道：

"解放军同志，我们的车抛锚了，缺吃少穿，每天只能熬点面糊糊打发日子。"

小李指着远处的山头说："我们的整个车队都抛锚，雪不停路不开，我们就无法下山！"

两个地方司机用眼神交换了一下意见，就把面糊糊给小李分了半盆。小李推辞不接，那个年龄大点的司机硬把脸盆塞到小李怀里："都是抛锚受罪的人，谁跟谁呀！这点面糊糊又不是什么值钱的东西，拿去只能给你和同志们塞牙缝！"

小李端着半脸盆面糊糊回到车队，驾驶员们虽然饥肠辘辘，可是你推他让，谁也不肯吃一口……

车队的处境越来越严峻，吃的问题需要立马解决，车辆的油料眼看就要断线，有些战士的手脚也开始冻坏了……张洪声心急如焚，他对副团长张功说：

"我们必须派人设法下山与西藏军区或兰州军区取得联系，不然我们会冻死、饿死在山上的！"

张功也满脸惆怅地说：

"派谁去呢？哪个驾驶员有这个能耐和胆量？"

"我已经考虑好了一个人选。"

张洪声说的这个人选就是一连三排副排长王满洲。

王满洲给张营长最初留下好印象是在团队上高原执行第一趟任务途中。当时，车队行驶到柴达木盆地的橡皮山下，途中小憩，张营长听见前面荡起洪亮的号子声，那声音像钻天杨一样，直上青天。他上前一看，只见一个粗壮结实的汉子正在组织战士们推车上坡。战士们每把车往前推动一步，就用三角木顶上车轮。再推，再顶……直至一步一步把车逼上坡顶。推车的动作完全合着那汉子号子声的节拍，铿锵、整齐，显得他的指挥格外气派、有力。事后，张营长一打听，方知那汉子叫王满洲。后来，张营长又多次与王满洲接触，更了解他，知道他在战士们中间之所以有很高的威信，缘于他高超的驾驶技术，他被视为全连的技术能手。

这时，张洪声对张功说："我考虑再三，把下山联络的任务交给王满洲。他会出色地完成任务。"

随后，张功找到了王满洲，告诉他："我坐你的车，咱们一起下山到安多兵站去。"

王满洲挑了一台状况最好的车，加足油，开着下山了。

不见鹰飞翔。

雪峰把车轮托得很高很高。

雪山上没有路，只隐隐约约有一行歪歪扭扭、深深浅浅的手推车轮印以及零零散散的脚印。想必是道班工人留下的痕迹，但是他们没有铲除公路上的积雪（无法铲呀）。张副团长坐在王满洲身旁，不时地指着车前的印迹对王满洲说："那是道班工人给我们引路，你就跟着它走，准保没错！"有时印迹被大风卷走，突然不翼而飞，他就对王满洲说："慢一点，停车！咱们下车找找路……"

俗话说：上山容易下山难。在暴风雪封困的唐古拉山上，下山尤其难。路面陡又滑，路线也不清楚，翻车、陷车随时都可能发生。王满洲稳把方向盘，轻踩油门，汽车像一头发怒的狮子，扑撞着路上不时出现的雪墙。好不容易遇到一段较平缓的路，他才能换上高速挡快走一会儿，更多的时候是三步一停，两步一推……

三十年后，我就唐古拉山这次暴风雪的遭遇分头采访了已经从青藏兵站部部长岗位上退下来的张洪声，以及接任张洪声就任部长的王满洲。重提艰难岁月，他们都感慨万千，但又显得十分平静。

张洪声说："在当时那种道路险要的情况下，我们派人开车下山当然是一件冒风险的事，弄不好就会车翻人亡。但是，我们被逼上了梁山，别无选择。派人下山虽然有风险，却有可能救出两百多人。呆在山上等待援军，等来的必然是死路一条。"

王满洲说："我给领导表态时还是满口的豪言壮语，好像天塌下来我真的都能顶住。可是，当我把起方向盘开始下山时，心里还是害怕起来。满山遍野都是雪，分不清路，辨不出沟，谁能知道这下山的一百多公里路上埋藏着多少难以预料的险情？我看了一眼坐在身边的副团长，他只是不换眼地看着前方的路，就像没有我这个人存在一样。我便不由得说了一句话：'副团长，我如果不能安全地把你送到安多兵站，你就宰了我吧！'副团长笑了笑，说：'你不能安全到安多兵站，我肯定也完蛋了，我还怎么宰你？再说，这不是我个人的事嘛，是关系到两百多人的生命呀！'我知道副团长这番话的分量，便暗自在心里说，我一定要拿出我的最高驾驶水平，争取安安全全到安多兵站！就在这当儿，车子的前轮一滑，险些歪进路边的雪窝。我更加小心翼翼地开车了。真是老天爷有眼，救了我们。就在我们下山走了一段路以后，遇到了兄弟团队的几辆车，他们从拉萨返回格尔木，车上拉了几位回老家过春节的道班工人，也有一些铲雪的铁锹、洋镐等工具。他们从山下一边挖雪开路一边上山，这时跟我们相会了。那几个道班工人大声对我们说：'坚持一下吧，跟着我们的车印走，顶多半天时间就下山了。'我很高兴地开着车继续下山了。谁知，他们上来时挖出的路已经被雪又埋上了！但是毕竟路上的雪浅多了，我就是沿着他们轧出的路下了山……"

两天两夜，王满洲赶到了安多兵站。这时，他迫切需要解决的头等大事是好好睡一觉。但是他不能休息，他强忍着瞌睡，和张功副团长给西藏军区、兰州军区发了份报告车队路遇暴风雪的电报后，才找地方睡觉。刚好，兵站外面的车场边有一顶空闲的帐篷，也顾不得它是做什么用场的了，王满洲摊开汽车保温套，和副团长滚在一起，倒头就睡。一觉醒来，弄不清是早晨还是中午，只觉得眼睛刺晃得睁不开，揉了半天，好不容易睁开了，他看着副团长笑，副团长看着他也笑。为啥？原来，两个人的脸都肿得像脸盆。冻的？饿的？还是病的？

就在这时候，王满洲发现帐篷角停放着一具尸首，那尸首应该是准备运走的，身上还放着一个花圈。他们竟然伴着这具尸首睡了一大觉！第三天，王满洲拉着一车柴油、馒头、面粉、大米、咸菜、牛粪等车队急需品，返回了山上。同志们渴盼着他们，他们也惦念着战友们。大家会合后拥抱在一起，热泪盈眶，泣不成声。

这时已经是1月17日中午了。

从此，山上、山下贯通了。滞留山上人员的生活保障有了着落。

接下来亟待解决的大难题，就是把五十多台出了故障自动熄火的汽车弄转，使它们尽快运转起来，继续奔赴拉萨。修车容易吗？这些"趴窝"了的汽车，不要说在这海拔五千米缺人少材料的唐古拉山上修复起来困难重重，就是在各种机器设备齐全、技术力量雄厚的修理厂，也是一场攻坚战呀！

张营长让修理班班长张怀恩带着他的三个兵来到营部（所谓营部，就是在车队中间的路旁，用黑漆漆的油桶围了个圈，上面撑一块篷布），给他们作动员，要求他们在十天至十一天内修理好大部分车辆。

雪，一直是下下、停停，停停、下下。但是，或下或停时零下四十摄氏度左右的严寒始终笼罩着官兵们。太阳出来了，大家可以看到一片晴朗的蓝天，山中的积雪依然没有消融；雪山变成一片黑暗了，大家才知道又一个夜晚降临。寒风在夜里比白天要硬得多，在驾驶室里过夜的兵们谁也无法入睡，苦熬着，盼着天亮。

  时间在修理工们敲敲打打的叮当声中停滞了。谁也不知道今天是几月几日，星期几，天空寂寞得像一张空白的纸。

  早上起来，张洪声顺手抓起一把雪，边在脸上搓揉着边对通信员说：

  "你到前面道班去看看，他们一大早就吵吵嚷嚷的干什么。有什么好消息立马带回来，让大家都高兴高兴。"

  其实，张洪声是无事找乐。人家道班就是娶了媳妇或没了爹，与你车队有何关系？在雪山上呆得腻歪了，他心里空泛，让通信员两头跑跑，给山上添点生机嘛！没想到，通信员连蹦带跳地回到"营部"时，带来的是一个谁也没有想到的喜讯。他对营长说：

  "明天要过春节了，道班的门框上连春联都贴出来了！"

  张洪声忙问："明天是春节？他们的对联上都写了些啥？你念念，让大伙儿听听！"

  这时，"营部"周围拥上来许多战士。

  通信员歪着脑袋，翻着白眼，咕哝了半天，也没有说出个名堂来。他只得说："反正有爆竹两个字。谁家过年少得了爆竹！"

  他一提爆竹不要紧，正在一旁整车的二连二排副排长张兴华手心发痒了，停下活儿，对张洪声说：

  "是呀，过春节哪能少爆竹，咱们也放它一挂吧！"

  张洪声还不明白，问："你说放爆竹？哪儿有呀！"

  张兴华诡秘地拍了拍斜挎在身上的冲锋枪，光笑。

  张洪声说："你小子倒挺会钻空子，想放枪呀！"

  张兴华央求道："就让我放几枪吧！过年了，让大家听听响儿。再说，这么些天来憋在山上，没有笑声没有歌声，都快把人闷死了。放它几枪，让外面的人知道我们还活着。"

一向对部属要求严格的张洪声这回倒破例同意了让张兴华放枪。不过，他对张兴华提了个要求："你先通知大家，就说明天要过春节了，你要放枪了，让大家都听着你的枪声。如果有一个人没有听到，我就处分你！"

张兴华乐得直颠，他跑前跑后地下了一番通知，然后端起冲锋枪冲着天空，"突突突"就是一梭子。

枪声落了。欢呼声四起，它比枪声持续的时间更长，传得更远……

对困在唐古拉山的指战员们来说，这一天像已经过去的日子一样，他们照样迎着飘飞的大雪在山上挖雪开路，照样顶着狂风在露天修车。所不同的是，他们知道了这一天是1957年1月28日，明天要过春节了。正因为知道了这个日子，他们才改善了一次伙食，吃了一顿饺子。这是他们终生难忘的一顿饭呀！

上山以来，大家几乎没有吃过一次真正意义上的饭。不是开水泡冷馍，就是铁锹烤面团，要不就是雪水煮面疙瘩。今天，要开荤了，过春节能不改善伙食吗？营长给炊事班（哪有炊事班！是由军医和一个驾驶员、一个通信员临时组成的"战斗队"）交代说：

"把从安多兵站带上山的罐头肉打开，平均十个人一筒，包饺子吃！"

有人说："十个人吃一筒罐头，塞牙缝呀！"

营长说："只能将就了，尝个味儿。要不，再到道班出高价买些青菜。"

没想到，营长的话刚一落音，马上就有人递上了话头，说：

"掏那冤枉钱干啥？雷冬至这里有的是大葱，葱花肉馅包饺子，多美气！"

说着，雷冬至就真的拿出一小捆大葱。张洪声冲着他开了句玩笑："你是藏了一手呀！好呀，雷冬至，我要罚你了，你现在就到每台车去检查，凡是有小金库的统统贡献出来。如果搜不出小金库，你不能吃这顿饺子。"

原来，山东大汉一连排长雷冬至平时吃饭离不开大葱。那天从西宁出发时，他特地到菜摊上买了几把大葱。没想到，这些日子天天挖雪开路，忙忙乎乎的竟然把丢在工具箱里的大葱给忘了。得，现在派上用场了。不过，那些葱已经冻得硬邦邦的跟棍子一样了。

这顿饺子吃得大家眉开眼笑。不是说饺子的质量有多高，主要是吃得开心。在世界屋脊过春节能不开心吗？

除夕夜，唐古拉山上升起一堆堆篝火。

雪山并不寂寞，别开生面的除夕晚会正进行着。什么快书呀，独唱呀，魔术呀，京剧呀，河北梆子呀……应有尽有。真没想到，这些平日黏黏糊糊的汽车兵们，现在抖底一亮相，还都有一手。没有舞台，大雪山就是舞台；没有乐器，碗筷、撬棒、榔头、脸盆、扳手，敲打起来就是独特的伴奏。也不用化妆，每个人脸上的油腻已经够多了，多少天来谁也没洗过脸呀！外行看热闹，内行看门道。这个晚会纯粹是为了让大家热闹热闹，不过真正懂得艺术的人还是有的，张营长就看出了点门道。他听出来班长张景新唱的那段评剧《小女婿》，字正腔圆，算得上半个行家，要不大家鼓掌时把巴掌都拍红了，非要他再来一段不行。但班长呢，坐下去后说什么也不再露脸了。张营长说："张景新，你扭扭捏捏干什么！叫你唱，你就唱，羞羞答答不像样。"张景新这才站起来说了实话："实在对不起，我就会这么几句，还是出车前跟老班长现学的，他没有教我别的唱段，我也就不会了。"

一阵哄堂大笑。

现在该张景新进行"反击"了，他"揭发"说："据可靠消息，营长既会唱京剧又能唱评剧，大家欢迎营长来一个，好不好？"

掌声雷动，有人还吹起口哨助兴。

张营长按着双手让大家静下来，说："实事求是地讲，我确实不会。张景新那是抬举我，别听他那一套。"

大家不答应。继续鼓掌，再鼓掌。

张营长终于找到了逃脱的办法，他提高嗓门对大家说："同志们，真正压台的节目还要看张教导员，你们瞧，他给我们带来了藏族演员！"

直到这时候，大家才发现五位藏族同胞不知什么时候加入到了晚会的行列中来。张教导员见大家发现了这五位特殊观众，便道出了其中的原委。原来，五个藏族同胞是从青海到拉萨朝圣的，一路磕长头，他们把哈达和虔诚拴在了路边玛尼堆上。到了唐古拉山，被暴风雪堵在了山中。看来苍天也不给这些忠实信徒发放特别通行证。张教导员得知五位朝圣者暂居道班的消息后，便前去动员他们参加车队的除夕晚会。这阵子，战士们又是鼓掌，又是起哄，非得要他们出个节目不行。他们不会汉语，只是摇头、摆手，表示不会唱也不会跳。战士们不依，硬是把他们连推带拉地拥到了前面。于是，五位藏族同胞便锣齐鼓不齐地唱了几句谁也听不懂的歌儿，才算平息了大家的哄闹。到了这时候，晚会的气氛便达到了高潮。

雪是停了，但是风一直未止。那不紧不慢的风把官兵们的歌声、喧闹声，吹成了细细的声浪，飘向远方。这个夜晚，唐古拉山中肯定有不少人感受到了这些乐天派战士们在除夕夜活蹦乱跳的气氛！

热热闹闹地过了个年三十以后，大年初一的清早，清冷的山上又呈现出一片忙忙碌碌的修车景象。张营长担心修好的车停在山上又出麻烦，便毅然决定修理好的一批车组成小分队先下山。随后，又组织人马修复另外一批车辆……

当一营把最后一台车开下山时，已经是1957年2月4日深夜了。这样，从1月10日上山算起，他们在山上整整呆了二十五个昼夜。

雪山始终没有醒来，它是在朦朦胧胧中摧残着战士的身体，磨炼着战士的意志。二十五个昼夜，暴风雪是无情的。大部分人员冻坏了手、脚，有十几个伤情特别严重的送到拉萨、西宁进行了抢救治疗。但是，有的战士仍然失去了腿或手。唐古拉山给高原战士留下了永久性的"纪念"。

雪山依然沉默，只有暴风雪才是它的语言。我们的战士最终是要把它踏在脚下的，尽管他们失去了双脚……

军车继续在青藏公路上奔驰。车轮颠簸在起起伏伏、色彩斑斓的漫漫征途！

海拔五千三百米的军礼

汽车攀登到唐古拉山巅已经是下午三点钟了,我们从昆仑山下格尔木启程时东方天空刚吐出曙色。海拔五千三百多米的世界屋脊此刻风不安静,更远的鹰,高飞在云之上,从容地延续着神秘的生命。汽车停在公路边一块巴掌大的平地上,跟随我的车同来的张团长对我说:"小王,带我去感谢多吉顿珠阿爸。"说着他将一个红纸包递给我。我指着山弯里一顶矮矮的、牦牛绳编织的蘑菇状帐房,对团长说:"那就是老阿爸的家。"

一个率领着浩浩荡荡数百辆军车驰骋在世界屋脊上的汽车团团长,为何去拜谢一位深山里的藏族老人?这要从我与老人的那次相遇讲起。那是一场美丽的六月雪,尽管它降下时是那么轻柔,但还是旁若无人地砸疼了我的心。从我车上卸下来的三吨半战备物资,令老人走出他温暖的帐房,像我一样成了风雪之夜的守山人……

我所属的五十九号车状况在连里算是好的,所以经常单车执行任务,可是没想到那天傍晚行驶到唐古拉山上突然抛锚。眼下无法修复,带队的副连长当即决定,卸下承运物资,联系兄弟连队将抛锚车拖回驻地修理,我留在山上守候。副连长给我安排了足够的干粮后,用温和的口气给我下了命令:"估计你三五日不会饿着渴着。人在物资在!我们会安排人尽快上山救援。你压倒一切的任务是守护好这些战备物资,一斤一两也不得缺失!"我明白,一车物资三吨半,可我肩上的责任比这还重。

那个年代,西藏不通火车,空中也是禁区,大量物资全靠汽车运输。我们这些汽车兵追日赶月地在世界屋脊上跑车,汽车轮子把公路都摩擦得发烫、变软,谁都恨不能再借别人的手脚,一个人开上两台车跑。偏偏就在这运输吃紧的当口,我的车抛锚了。车上装的是运往边境某地的食品,卸下来的货物码得四方四正地堆放在公路边,像被时间搁浅在渡口的一叶孤舟。

唐古拉山的夏夜,没有任何方向的风像一根根无法拔掉的刺,搅乱了山的影子。高原入睡了,我枪膛里的子弹醒着。我守在山上的第三天黎明,一场防不胜防的六月雪突然降临。雪落地就化成水,物资垛虽有篷布掩盖,那也只是遮了个顶端,雪被风旋着从四面八方浸灌着。就在这时候,一个黑影自远而近地朝我移动。确切地说,它几乎是与风雪同时来到我眼前。偷袭者总是披着夜幕行事,果然会让我遇上?枪的扳机不能轻易扣动,我只是端着枪厉声喊道:"谁?站住!"接应我的是一句暖心的藏族佛僧"六字真言",然后才是一句半生不熟的汉语:"藏家的亲人莫要惊慌,感恩金珠玛米的信徒来到了你身边!"只见一位头戴藏家鸭舌帽的老人双手合十地站在了我面前。他银须蓬嘴,背着杈子枪。他用手指彬彬有礼地点了点额头,将吉祥如意掸向我,然后指了指身后,我这才看清不远处站着一头牦牛,黑乎乎的像一座小山包。

我就这样在深感无助的时候,认识了多吉顿珠老人。他一来到我面前就火急火燎地说:"快把你的这些宝贝盖好,夏天的雪一挨上风就成了水,不能打湿了金珠玛米的货物。"说着,他从牦牛背上拽下来一卷牦牛线毯子,帮着我把物资垛包掩得严丝合缝,活像一间结实的小帐房。在突然遭遇风雪、一时无所适从时,这间帐房成了我的港湾。

我和多吉顿珠交谈后，得知这位看起来身板硬实、干活麻利的汉子，却是一位年过半百的孤寡老人。他不知道父母是谁，也不记得自己出生在何年何月，只听别人似是而非地讲过，他被父母遗弃在羊圈时干瘦得像一只饿坏了的小狸猫。好心的拾荒老人才让把他抱到自己的岩洞里，用捡来的散乱羊毛裹住了他，收养他做干儿子，给他起名多吉顿珠。才让老人身无分文，心却是满满的。他总是挨冻受饿，却不让多吉顿珠受半点委屈。才让老人去世那年，十岁的多吉顿珠将老人掩埋在岩洞边的向阳山坡上，他说不忍心远离阿爸，儿子要为阿爸守墓。阿爸走了，多吉顿珠依然穷得常常吃百草充饥，饮山泉解渴。山里无定的野风凄雨竟然把他锤炼成一个铁塔似的硬汉子。进藏的解放军在草原驻扎后，有心把他安排到一个牧村去住，性格像牦牛般倔强的他坚持要住在岩洞，给阿爸做伴……

夜里我和多吉顿珠阿爸一同守护物资。我挎着冲锋枪，他身背杈子枪，一军一民，藏汉联防。风雪暴烈，大山沉静。那是我们一同守山的第一夜，我绕着物资垛巡视一圈，发现离我们两米开外的地方蹲着一个黑影，便问多吉顿珠阿爸那是什么。他笑笑说："它是我的伙伴，从现在起它也是你的伙伴。"说着他打了声口哨，招招手，那黑影就走到了他跟前。原来是一只藏獒。多吉顿珠阿爸蹲下去拍拍藏獒的脑袋，对它嘀咕了几句什么。我略有知，好像是说金珠玛米是咱自家人一类的话。藏獒便过来舔了舔我的军鞋，算是认了我。我和多吉顿珠阿爸守护战备物资，藏獒给我和多吉顿珠阿爸放哨。

我在唐古拉山守护物资的五天里，和多吉顿珠阿爸形影不离。白天，我把连队留给我的干粮送到老人帐房里，做成藏汉两个民族风味的饭食，共尝生活的甘甜。提起那风味饭，那是我今生今世也难忘的饭食！就地取材，自己动手。多吉顿珠阿爸现宰一只羊，他掌勺我做助手。两只像小盆盆一样的藏家木碗里，羊肺几片，羊肝几尖，羊肚几条，嫩鲜鲜的羊头肉多多。我们连队烙的锅盔饼，泡在滚烫的汪汤里，多吉顿珠阿爸再给汤里点两勺酥油茶，那个美气呀，还没吃到嘴里，香味就渗满了全身每个毛孔。我对多吉顿珠阿爸说："咱俩是军民鱼水一家人！"他笑笑说："不，还是叫粗茶淡饭藏汉亲。"在我们吃饭的时间里，多吉顿珠阿爸总会指派藏獒到公路边去巡看物资。我真佩服，藏獒怎么让他驯服得那么听他招呼！

我走下唐古拉山后，突然萌发了按捺不住的创作欲望。那时我已经是文学青年了，在不少报刊发表过作品。可是守在唐古拉山的那些日日夜夜，我竟没有想到要写点什么，心思全凝聚在枪膛里。现在下山了，好像只是一瞬间，灵感爆发，一夜之间就写了一篇散文，题目就是多吉顿珠说过的那句话——《粗茶淡饭藏汉亲》。我的这篇散文刊登在我们部队的油印小报上，团广播室也反复播送过。张团长就是看到这篇散文后才专程赶到唐古拉山……

我领着团长来到多吉顿珠阿爸的帐房前，只见门帘上吊着一只藏靴——这是多吉顿珠阿爸自己做的暗号，告诉找他的人他放牧去了。我们转身往右边走了一段路，果然看到老人在草滩上放羊。他大步朝我走来，人还未到声音就像洪钟般传过来了，是一句在当地流传很广的谚语："怪不得早晨山畔的雪莲花开得那么艳眼，原来是尊贵的客人上门来！"他张开的手像虎钳一样抓住我的手，摇得我的身子直打晃。我赶忙把今天的特殊客人介绍给他："这是我们汽车团的张团长，他特地从格尔木赶来感谢您对我们亲人般的支持！"多吉顿珠阿爸忙摆动着手说："草原上每一朵格桑花都是因了金珠玛米的浇灌才开放，我就是把这身老骨头搭上做点事也是应该的！快不要一家人说两家话了！"张团长双手把那个用大红纸包着的感谢信递给多吉顿珠老人。感谢信是我们汽车团的藏语翻译用藏汉两种文字写成的。然后，他双脚并拢，立正，举起右手，恭恭敬敬地给多吉顿珠阿爸行了一个标准的军礼。我站在团长身后，也将右手举到帽檐上……

海拔五千三百多米的世界屋脊上，两代军人举起凝重的手臂为西藏送去的这个军礼，有谁能描绘出它的金贵，又有谁能想象出它的芬芳！此刻，太阳穿云而出，唐古拉山通体闪烁着透亮的阳光。

三个战友

生活中每个人都少不了交友，朋友之间快乐同分享，苦涩共吞咽。战友的内涵与朋友却不尽相同，它带着军营特有的气息，弥漫着硝烟战火的氛围。我们这三个战友还凝聚着青藏高原冰雪缺氧的酷寒。三个战友就是窦孝鹏、白宗林，还有我。我们三个人大半生的军旅生涯神奇地相似，简直就像同一个人，世间少有。六十多年的战友情横跨两个世纪，几十年来共同经历的那些美好却没有消失，没有和我们告别，只是沉埋在生命里，值得永远享受、回味！

我们的家乡都在陕西扶风县。十八岁那年，我们携手告别了扶风初级中学，穿上第一套军装，乘坐绿皮火车的闷罐车厢，向西行驶。那绿皮火车像一个时间的容器，把所有人闷在里面。三天三夜后我们又爬上敞篷汽车，来到昆仑山下的格尔木当上汽车兵。眼下我们退休在京城，我在海淀区翠微军休所，窦孝鹏在丰台区军休所，白宗林在海淀区田村军休所。退休后难免会有琐碎的家务及无聊的空虚时光袭来，但是因为有数十年来热爱文学的情趣陪伴，我们在身体条件允许的前提下力所能及地写作读书，使我们的休闲生活平添了几多绿色享受。退而不休，其乐在心。犹如停靠在码头的船，一旦有浪花卷来就切开蒙着坚固冰块的水面，将沉埋在我们生命里的能量释放出来。

我们三人经历的第一个单位是驻守在昆仑山下的汽车七十六团。先是在汽车教导营学习汽车驾驶和修理，毕业后分配到汽车连队当驾驶员，执行从甘肃峡东至拉萨的长途运输任务。途中要经过祁连山、昆仑山、风火山和唐古拉山。过着"早别昆仑六月雪，夜饮长江源头冰"的生活，把脚印留在蓝天白云之间。三年后，我们相继调到了团政治处当见习干事，窦孝鹏在宣传股，我在组织股，白宗林在青年股。期间我们都开始了业余写作，时不时在兰州军区和西藏军区的报纸上能看到我们写的报道和小故事。直接说吧，我们的文学创作是从划拉通信报道起步的。团队涌现了先进典型，我们三人就合力对外宣传。1959年在执行西藏平叛运输任务中，九连出现了一位爱车标兵何全国。他驾驶一台被人称为"全车除了喇叭不响到处都响"的老掉牙的破车，当时战备运输任务异常吃紧，何全国的车无暇进厂修理，他凭着精湛的技术和高度的责任心，驾驶这台车安全行驶了十万公里，将数万吨战备物资安全运往西藏边防，荣立了一等功。窦孝鹏以何全国的事迹为题材，创作了一篇优秀报告文学《十万里路见忠心》，发表在《解放军文艺》《总后文艺》上，数家报刊转载。后来总后勤部文化部还以《十万里路见忠心》为书名，出版了一本优秀作品集，发到全军后勤部队。

  对文学创作的酷爱及不断取得的成绩，使我们逐渐走出了一条快乐的道路，使生活变得有滋味。兴趣是天赋的亮点，此话一点不假。至今给我留下的柴达木的龙卷风也刮不走的记忆，是窦孝鹏写的散文《西出阳关有亲人》发表在《解放军报》上。这篇散文是取王维的边塞诗"劝君更尽一杯酒，西出阳关无故人"为意境反其意创作的，反映的是阳关道上的养路工人和军车司机难以割舍的鱼水深情。我当时拿着《解放军报》读了好几遍，对我有一种难以抑制的冲击力。我感到眼前豁亮，心头顿涌丝丝暖意。回想起来，我也多次驾车从阳关走过，每每经过时也会默念这首唐诗，怎么就没有写作的灵感呢？生活中容易撞到鼻尖下的事，有时反而容易失去。关键是我们不但要读书，还要多联想，让书本知识渗透到现实生活的土壤中去，才会生发新的天地。直至数十年后，我每每和年轻文学爱好者说起写作，还会深情地提到孝鹏这篇散文对我的启示。《西出阳关有亲人》我一直剪贴在一个本上，后来因为常翻阅掉了一个角，我从别处剪来同样的铅字补上所缺的字。

参加西藏平叛战勤运输，是我们下到连队后的第一场硬仗。我们驾驶着汽车追星赶月地在青藏线上奔跑，连续转动的车轮把公路上的鹅卵石都挤得蹦闪着火花。为西藏边防运送去多少战备物资和多少支前的藏族民工，把多少平叛的指战员运送到战斗的前沿，从车上里程表记录的数字可以推知。战勤运输结束后，我们三个战友分别荣立了三等功，青藏兵站部通报表扬了我们。那天，团里领导专门让我们三人在团里小灶吃了一顿饭，我觉得那是天下最好的美味！

那个年代，高原部队的文化娱乐生活，单调得像戈壁滩上枯萎的红柳苞一样燥缩。看一次电影也"跑片"轮流着看。什么意思？一个电影放映队要在五六个点上的部队驻地来回跑，汽车部队、兵站、转运站、医院……轮到我们头上可不就差不多一周时间了！我们团的王品一政委多次对有初中文化程度的我们三个人说："你们是咱们团里的秀才，要发挥特长给指战员们的业余生活添点亮色！"团首长下了命令，我们照办，在政治处高主任的具体领导下，我们的文化娱乐生活开始迈出了新步伐。

团里业余文艺演出队应势成立，编导、演员都是我们三人包揽，后来又从几个连队物色了几个文艺骨干加入进来。编剧自然是孝鹏莫属了，这之前他在兰州军区《连队文艺》上发表过小话剧《问路》《抢拖斗》以及纪实散文《迎着晨风而来的姑娘》等，特别是《迎着晨风而来的姑娘》产生了较大的反响，青海省作协的有关人员还专门对孝鹏进行了访谈。这篇作品的主人公就是白宗林。在分配角色时，长得白白净净的白宗林自然是主演了，且扮演女角。我干什么呢？虽然我当时在

《解放军报》发表过散文,且获得总政治部颁发的"四好连队五好战士"征文获奖证书,但是对弹拉跳唱实在外行。窦孝鹏便给我虚设了个职务:导演助理兼后备演员。所有演出都是天作帐子地当台,锣鼓一敲就开场。如果只有一个连队从线上回营,我们就在连队的院子里撑一块幕布演出,如果是两个以上的连队回营,就在大操场演出。对啦,孝鹏还有一个职务:负责报幕。一次,该笛子独奏《我是一个兵》出场了,他慌乱之中报成:"下一个节目,独子笛奏!"笑翻了台下的观众。搞笑的例子还有呢,那是演活报剧《东郭先生》,只有两个演员——东郭先生和一只狼,孝鹏指名道姓让白宗林饰东郭先生,谁演狼呀?这时他的目光投向了我:"该你露一手了!"这家伙真坏,让我当后备演员,原来在这里等着我呢!演就演吧,以大局为重,反正把一件皮大衣翻过来毛朝外,披在身上,不露脸,谁晓得狼是谁扮演的呢?漏洞出在狼扑向东郭先生那个动作上,也许是我太紧张,该扑向东郭先生时没有及时扑,急得白宗林直喊:"快扑,往我身上扑!"我忙扑,一急之下大衣掉了,把整个人暴露在光天化日之下,狼变成了人!看演出的指战员都听见了,看见了!台下哄堂大笑。多少年过去了,每每回忆起这件事,我们三个人都会笑得前仰后合,露牙歪嘴。高原军营生活多有情趣,苦中含乐!

弄拙成巧。后来每次演《东郭先生》时,这个挣脱掉皮大衣,让"狼"显出真身的动作成了必出现的情节。指战员们乐得掌声不断。甚至在皮大衣还未脱掉前迎接的掌声就先一步响起来了。艺术来源于生活,谁能说不是呢!

我们团里的文化娱乐生活开展得有滋有味,名贯青藏线,有一个人的作用不能不提及——团俱乐部主任郑福存。他在解放战争时期是华北军区文工团分队长,曾和田华同台演过歌剧《白毛女》,田华扮演喜儿,他扮演喜儿的父亲杨白劳。前不久他到北京出差,去八一电影制片厂看望田华，两人还共进午餐。可想而知，有这样一个资深的俱乐部主任，团队的文化娱乐活动还能落后吗？我们演出的节目曾参加兰州军区业余文艺会演，获得创作和表演双奖。我和窦孝鹏同一年同一批成为青海作家协会会员。

　　天空飘着被风吹散的雪片，指不定哪一天会聚在一起，凝成落雨的云。1964年春天，我背着用绿色背包带捆得四方四正的军用被子，衣褶里积裹着昆仑山的冰碴，来到北京参加了总政治部宣传部举办的第九期新闻干部学习班，之后，一纸调令被调到了总后勤部宣传部。次年，窦孝鹏在出席了全国青年创作积极分子代表大会后，也调到了总后勤部宣传部。一开始，我俩都在创作室从事文学创作，办公桌挨着办公桌，天天坐班，夜夜加班。我写出了一篇散文请他提修改意见，他有了新的创作题材也总是在第一时间告诉我。不久，我俩又一同调到《后勤》杂志社当编辑和记者。这当儿，总后勤部召开学习毛主席著作积极分子代表大会，我俩都在会议筹备组采写典型事迹材料。没想到在这里等到了白宗林，他作为兵站代表的领队到了北京。会后，总后勤部机关在学习毛主席著作积极分子中选了一批年轻人进了机关，白宗林被选到了《后勤》杂志社，我们缘分真不浅啊！生活中假如有刹那奇迹发生，那一定是清澈的山泉穿过沙原。我们三个人又到了一个单位，且住在同一栋筒子楼里的三个办公室，出操同站一个队列，吃饭同进一个食堂，住的屋里同是上下铺的单人床。

　　我们在传承前人的道路上守正创新，不断前行。生活在改变着我们，我们也在改变自己。站在北京长安街上，我仿佛看到不远处的天空有一只鹰在盘旋，它有可能是来自昆仑山吗？

　　后来，我们三人各自带着八百里秦川吃着包谷碴成长起来的乡土妻子，办理了随军手续，在京城安了家，同住在总后勤部大院的一栋筒子楼里。吃一个锅里的饭，说一个腔调的陕西方言。这之后，白宗林趟了一段仕途之路，先后在汽车团、格尔木兵站和解放军三〇四医院政治部担任领导职务。我和孝鹏初心不改地继续爬格子，激情一年胜似一年地创作小说、散文和报告文学。

　　我们三人近距离是友情，远距离是思念，不分远近心中总会有彼此，用生命影响着生命。闯荡高原的脚印被冰雪埋在冰雪里，当然也被阳光砌进长安街的柏油马路上。我们相信这些脚印最终会被春风叫醒，溅出火花来。

　　回忆在青藏高原那段那么寒冷又那么温暖的日子，它毕竟承载着我们永生都熟悉难忘的艰辛，谁能说艰辛不会变甜果呢？1987年初，解放军文艺出版社出版了窦孝鹏的长篇小说《崩溃的雪山》，这是最早反映西藏平叛的长篇小说。1990年，解放军总政治部将该书作为在全国遴选的"百部优秀图书"向全军部队进行了推介。我的书柜里至今仍然珍藏着孝鹏签名的这部小说，他的签字是："我把咱们共同见证的西藏平叛先一步见诸文字，诚恳希望得到你的指正。"指正，谈不上。我倒是认真读了这部长篇。其实我也早就有写反映西藏平叛报告文学的设想，且已动笔。善于把别人作品的优长融会贯通到自己笔端，这不是低级的模仿。在我这类题材的散文、报告文学写作中，《崩溃的雪山》多次启示我写作。平叛题材的长篇报告文学我到底也没写成，最终只写了三万字的散文《情断无人区》，发表在《解放军文艺》上。高山横在眼前越不过去呀！

　　我和孝鹏的第一本散文集《春满青藏线》，两人合集，1975年3月由天津人民出版社出版。这不是我和孝鹏的本意，也许是天意吧！

　　事情是这样的："文化大革命"前，天津百花文艺出版社出版了一批在国内很有影响的散文作家的作品，比如秦牧、沈从文、孙犁、袁鹰等，百花文艺出版社因此名贯神州，作家们把能在这里出版散文集看成一种很不一般的待遇。初生牛犊不怕虎，我和孝鹏没有商量，连任何暗示也没有，就各自把自己的散文集投寄到百花文艺出版社。我的散文集叫《青藏线上》，是双挂号寄走的，孝鹏的散文集取名《长长的青藏线》。出版社收到了两本同样是反映青藏高原军营生活题材的书稿，便将两本书捏合为一本书，合而为一，以《春满青藏线》为书名出版了。不能不佩服编辑的良苦用心，还真有点高山流水觅知音的意味呢！当时的背景下，百花文艺出版社这个牌子还没有亮相，大概太柔情吧！是以天津人民出版社的社牌出书呢！

我们三个战友的日子过得坦然、自然、舒心，心里总是涌满知足的幸福。是有意或无意并不重要，是偶然或必然也不计较，宁肯亏了自己也不负战友。有福同享，快乐共赏。我的散文集《藏地兵书》获得第五届鲁迅文学奖后，白宗林得到消息是在晚上，他迫不及待地打来电话："老王啊，你真是越活越年轻了，鲁迅文学奖这么有重量的牌子你也扛得动！"孝鹏写下了《七旬老人叩开鲁迅文学奖的大门》，文中写道："王宗仁在职时，一趟趟上高原，或许是职责所系，退休后，他不听家人劝阻，仍'不安分'地一趟趟地闯高原，与雪山、戈壁亲近，触摸昆仑山、通天河，写出了一个个感人至深的高原汽车兵、兵站兵、管线兵、卫生兵、通信兵、仓库兵（包括一些家属）的故事，所以他给自己的书起名《藏地兵书》，是名副其实的。这也是他的作品具有强大生命力的根源所在。大家都说，他退休后焕发出了自己生命中的第二个青春期。"孝鹏的这篇文章，于2016年获得全国第三届"书写人生第二春有奖征文大赛"一等奖。

我们三个战友最后一次会聚在我们日思夜想的青藏高原，是在1990年夏天，我和孝鹏参加青藏线文学笔会，从西宁到拉萨全程走了一趟青藏公路。当时白宗林在二道沟兵站当教导员，他把和战士们打成一片当成自己的主要职责。兵站的指战员都很爱戴这位教导员。从一定意义上讲，我和孝鹏参加这次笔会主要是看望白宗林。我俩特地在二道沟兵站多停留了两天，他激情洋溢地给我俩讲了兵站许多的新人新事。二道沟兵站是一个坐落在昆仑山中平坝上的一个"中午站"，就是过往的部队只在此地吃一顿中午饭，不留宿，小站。老战友在日思夜想的昆仑山中会面，我们都很激动，倍感幸福。白宗林搜肠刮肚地给我俩讲了发生在兵站上的许多故事，讲兵站指战员们平凡作为中的崇高与温情。直到现在，我仍然清晰记得白宗林给我讲过的那句话："我来到二道沟兵站，首先把自己当成曾经的高原汽车兵，然后才是教导员！"我和孝鹏在二道沟兵站虽然只停留了三天，但是心境愉快，收获充实。后来我创作出了《二道沟的月亮滩》《野牦牛的喜与悲》两篇散文，首发后被多家报刊转载。

  人一生中最美好的风景都在路上，半个多世纪的云未散月未缺，三个战友及战友的战友留在昆仑河畔兵站土坯房里的，还会有我们的记忆。我们仍然有约，力争在有生之年再寻机会上一次青藏高原，哪怕是到昆仑山下格尔木的柏油马路上蹭一鞋底雪片，也是乐呵呵的享福！格尔木是我们人生的出发地啊！

  数十年的所有都会随风而去，后来人也许不会重复。但是如何面对苦难，如何享受苦难之后的苦甜，后来者可能会从中收获些许享受。窦、王、白只是三颗星星而已，没有月亮那么朗明，更缺少太阳那种带有黑点的香热。我们只是在茫茫人海里各占其位，互相依托，各得其所，有路只知朝前走，共闪其光，共享其乐！

草原藏香

从汽车抛锚在藏北草原的那一刻，直到五十多年后的今天，回忆起来，我始终认为那个夜晚是我人生中最黑暗也是最郁闷的一夜，当然也是我温馨地享受藏汉民族之间深情厚爱的一夜。

如果用伸手不见五指来形容那晚的漆黑和阴森，显然太轻描淡写了。我和助手昝义成共同的感觉是，我们掉进了深不见底的井里，成为一只随时都可能漂走或沉没的浮在水面的木桶。嵌进骨髓里的可怕孤独把我们逼到黑暗的深处，绝望的境地。或者更确切地说，我们的身体也仿佛变成了黑夜的一部分。当时我已经从驾驶室下来站在了汽车保险杠前，什么也看不见，但是我莫名其妙地感到我离天很近，所以我多想用指头在夜幕上戳个洞，让太阳光射进来。没有太阳，钻进来几颗星星也行啊！

我们要干活呀，坏了的汽车需要修理！

偏偏又是车灯坏了，无月无星无车灯，怎么修车？

那天，我们从拉萨出发赶回西宁时，已经是午后两点多钟了。原计划是次日清晨回驻地，我和助手为了回驻地执行另一次运输任务，就提前出发了。生活中发生的所有事与愿违的事几乎都是突然袭来的。我驾驶汽车行驶在藏北草原不久，车灯就莫名其妙地坏了。当时大约是深夜一点钟，周围无村无店，夜色浓重得仿佛刺刀也戳不出一点火星来。四周是黑洞洞的深渊，我们的眼睛完全失去了功能，车和人整个被夜色淹没。那条延展在汽车前后的青藏公路也随着车灯的熄灭而匆匆远去。

藏北夜晚的这一刻，变成了一部厚厚的无字书。世界仿佛不存在，也没有了时间的概念。我们要创造新的故事，因为夜色里有两个醒着的军人！

我对昝说："拿扳手来，咱们把灯修好！"

他递过来的却是钳子。

我又说："给我电线。"

他回应："摸遍了工具箱都摸不到。"

黑灯瞎火。黑夜不仅使时间变得漫长，也让人的思维错乱！

我索性自己在工具箱里摸揣着我需要的一切。我想，哪怕能摸出一颗星星也好！我确实有一种本能的感觉，我的指尖能把黎明牵出来，让它突然出现在这藏北夜色浓浓的时候……

她就是在这时候出现的。

我是在闻到一股淡淡的无法忽略的幽香之后看到她的。她那温和宁静的身影虽然融在夜色里，我却能感觉出，她的眼神远远地将生命的甘露洒向我们冰冷的心田。

那是几点晃动的微光，有时又晃成了一点，不是火，也不像灯。如米粒般的微光又很倔犟，夜色始终没有吞没它。它坐在夜的皮肤上，毫不示弱地将微光展示给藏北。乍看一眼，很像饥饿时见到果子；多瞅一会儿，心就被它烘暖。那是拯救饥饿的圣火！我们对它，不，首先是它对我们，饱含着激励和爱意。

我捅了捅昝："不要惊动它，多看一会儿！"

"别出声，让它走近我们！"昝的声音很小。

我俩暂时停下手中要干的活儿，毫不夸张地说，我的每一个毛孔都怀着既惊讶又不是特别疑惑的温暖心情，眺望着不远处那一束犹如蔷薇花静静开放着的光点。向往的喜悦使我心头的倦意渐渐消失。

天在夜里，山在雾里，光在夜行人的心里。

我突然有了一种愿望，索性把自己融入夜色的血管里——我深信藏北的大地会有血管，那微光就是它流动的血液——甩掉身上的压抑、寒冷和疲倦，让这纯净的微光把心儿洗净。

我做梦都没有想到的是，那束微光在快要逼近我们的一瞬间，竟然发出了声音："金雕来了要找窝，金珠玛米来了要歇脚。你们为什么宁愿在山里挨冻，也不进藏家的帐篷去暖暖身子？"

女孩的声音，仿佛带着草尖上的露珠和太阳暖色的柔美。绝不是隔山架岭，她分明就在我们眼前。虽然她并没有现身，声音仍然来自那一豆微光。坦率地说，这是一个我们无论如何也没有预料到的结果——会有女孩来请困在山野中的我们到她的帐篷里歇脚。我一时手忙脚乱，竟然不知对她说些什么。昝毕竟是我的助手，他知道这时候自己该有事情做了，便迎上去说："谢谢姑娘的好意，我们的军车坏了，需要在这里修好。麻烦你借一盏灯给我们照亮，你的帐篷我们就不便进去了！"

姑娘执意要让我们到她的帐篷去歇脚，她说："修车可以等到天亮太阳出来的时候，这么冷的天气，荒天野地你们要挨冻的！帐篷里就是家，先暖和了你们的手脚，再暖和你们的心。还是进家吧！"

说毕，她自报家门："我叫卓玛，是阿妈让我出来请你们到帐篷里去歇脚的。她知道是金珠玛米的军车才让我出来请你们的！"

善良最能拉近人心的距离。会说话的卓玛打动了我和昝的心，我俩不约而同、不由自主地上前一步，要仔细看看这个姑娘的脸蛋。藏家人有这样的俗话："善解人意的姑娘最漂亮，漂亮姑娘总是把自己的热心肠挂在红红的脸蛋上。"这样夜色浓浓的夜晚，我当然看不清卓玛的脸蛋了，但是我却清楚地看见她手里捧着一束正燃着的藏香。点点火星，明明灭灭，喷吐着浓浓淡淡的扑鼻香气。她的脸庞在藏香的映照下，显露着明明暗暗的被高原风雪镀得如岩石般的光,一束束编扎得紧密、细小的辫子修饰着她的脸蛋,使她显得羞涩而美丽。啊,好一朵藏北深山的格桑花!卓玛,你是用花擦亮了脸蛋的姑娘!如藏北的小溪,清澈见底又深藏不露!

我逮住了卓玛在谈话中透露的这样一个细节:她说是她的阿妈让她出来请我们这两个金珠玛米到帐篷里去歇脚的,这使我好生奇怪——黑沉沉的深夜,老人没有出门,她怎么会知道是金珠玛米的军车?

卓玛回答我:"阿妈是我们藏村里人人都尊敬的精明又善良的老人。她虽然双目失明,什么也看不见,瘫痪在床上快二十年了,可是她的耳朵很灵敏——不能眼观六路,却可以耳听八方。她长年坐在地铺上,手里捻着佛珠,安静地听着帐篷外公路上的各种声音——动物跑过,行人走过,汽车驶过,甚至就连风儿吹过,她都能分辨得很清楚。特别是对金珠玛米的汽车的声音辨得最清,司机一摁喇叭,她就知道是亲人的汽车开过来了!"

"怎么一听喇叭的声音,就能辨别出是金珠玛米来了?"

"军车司机过藏村时,车子开得很慢,摁喇叭总是轻轻的,绝不会狠摁不放。特别是在夜晚,他们的汽车像一阵轻风吹过藏村一样,怕惊扰了牧民的睡梦!"

我深情地看着手捧藏香站在面前的卓玛姑娘,心里涌满激动和爱怜之情。对她,更多的是对还没有谋面的她的阿妈的感恩、钦佩。藏北草原是那样辽阔,远方仍然夜幕笼罩,星月也没有钻出云层,可是我已感到了迎面扑来的亲人的气息和温暖。有人说,有时一棵草就是一片草原,也许这棵草尖上的露珠还带着没有褪净的苦涩,但毕竟让我尝到了清凉。我当然很愿意走进帐篷里去歇脚,尤其想给热爱着金珠玛米的老阿妈行一个正规的军礼,但是军情在身的我们无暇实现这个心愿,只有待来日再回拜慈善的老人家了。

我对卓玛姑娘说:"我还是那个请求,借一盏油灯,就是你们藏家的酥油灯,给我们照明,让我们修好汽车好赶路!"

卓玛竟然那么固执,说:"酥油灯就不必借了,我再燃起一束藏香,照着你们修车。你要知道,两束或者三束藏香的光亮会像酥油灯一样明亮!"

"为什么非要用藏香照亮呢?"

卓玛这样回答我:"阿妈这大半生都坚信,藏家人迎接尊贵的客人,就应像进寺庙朝佛拜神一样敬重。我们请回来的藏香只有进寺庙时才用,但对于心中的活菩萨金珠玛米当然例外!"

一片温暖的祥云在藏北的寒夜里升起,我和助手借着卓玛手中藏香的微光,麻利地修理抛锚的汽车。也许我们依旧看不大清楚一些东西,但是因为我们的手指尖上长了特殊的眼睛,特别是心里亮着阿妈赠送的藏香,所以我们很快就修好了汽车。告别卓玛,我们就要上路了。我要收藏这淡淡的藏香味,就像收藏月亮的清辉和太阳的明媚。我当然也会留一些激情,去点燃那些遥远的或在身边的仍然沉浸在雾霭中的星星!

三条河在我桌头流淌

我很自豪。我的书桌上流淌着青藏高原上的三条河流。每当我坐在桌前读书或写作时,沱沱河的涛声就灌进了我耳朵,楚玛尔河的浪花就在我眼前翻动,我也仿佛闻到了北麓河散布在微风中水草的芬芳。

我提到的这三条河都是唐古拉山下长江源头的三条支流。实实在在的源头河自然不可能流进我书房,我指的是放在我书桌上的一个透明盒子里的一汪清水,以及养在水中的三块形状各异、色泽有别的石头。三块石头确实是从江河源的三条河里拾得。

只要有青藏山水相伴,我就不会淡忘我从十八岁开始与青藏高原结下的那份无法割舍的情缘,人生旅途上就有观赏不完的良辰美景,每天都会将积淤的生活尘埃掸掉,踏着新的起点前行。

望着桌头的三河石,我常常想起我和一位将军发生在高原上的一个没有故事情节的故事:

2000年盛夏的那天,我准备翻越唐古拉山,到拉萨去采访。临走前,不知为什么我有口无心地说了一句话:"这很可能是我最后一次上唐古拉山了。"其实我说这句话没有丝毫的悲观,只是觉得自己已经翻越过上百次唐古拉山了,今后应集中精力和时间写写东西。何况,可能是最后一次,并不排除今后还会再来。可是,在场的青藏兵站部政委文义民却想到别处去了,以为我再不会来高原了,便主动提出这次一定要陪同我一起越过唐古拉山。我再三推辞也无济于事，加之我当时并不明白他的特别用意，只好答应了。

唐古拉山是青藏公路的制高点，海拔五千三百多米，被一些人称为青藏线上的鬼门关。闯不过这一关的人当然是有的，但就我的经历和观察，绝大多数的人还是很浪漫地将它踩在脚下。所以我始终认为，唐古拉山的这种威慑更多的是对那些没有去过青藏高原的人起作用。三天后，我和文义民投宿唐古拉山兵站，吃了一顿"最后的晚餐"——这完全是文义民精心的特意安排。我看了看餐桌上的四菜一汤，全是高原特色：清炖河鱼、野葱爆羊肉、野蘑烩山耳、手抓牛排，汤是鹿茸草做成。文义民喧宾夺主地对我说："唐古拉山兵站的同志今天给你做的这顿饭菜，没搞任何特殊化，牛羊是他们自己养的，鱼是通讯员上午才从沱沱河里打捞的，野葱和野蘑是在可可西里采来的。你这是最后一次上唐古拉山了，我和他们真心实意地表表心意。"我这才知道我那句有口无心的话使他产生了误会，便赶紧声明："都怪我没有把话说清楚，一个'可能'就让你们费心准备了这一顿丰盛的晚餐。看来我今后每年来高原时都要宣布这是'最后一次'，这样我就会有吃不完的最后的晚餐。"兵站站长申北平显然听明白了我的话，马上说："不管怎么样，饭菜既然已经摆在了桌上，咱们就得吃。今后你年年来，咱年年用'最后的晚餐'招待你。"我没有动筷子，寻思着这顿晚餐如何个吃法。

出乎我的意料，正是文义民很巧妙地给他自己命名的这顿饭换了个更贴切的名称。他说："唐古拉山兵站有三个战士特别喜欢你的作品，他们每个人都有一大本你作品的剪报。索性把他们叫来一起就餐，你们边吃饭边聊天。唐古拉山是你的家，我看这顿就叫创作之家的工作餐吧！"

毫无疑问，这次聚会非常愉快。我真佩服并深深热爱这些终年生活在世界屋脊上的兵们，他们质朴、聪明，每个人的脑子里都装着仿佛永远也讲不完的又新鲜又奇特的高原故事。他们真诚地希望我常来唐古拉山，多给他们写些作品。我一一答应，承诺以后每年或两年上一次高原看望我的战友们。

那天，我告别唐古拉山兵站继续西行去拉萨时，三个兵中的一个名叫李明的炊事员，送给了我在文章开头讲的那三块来自江河源的石头。这是他精心收藏了五年的心爱之物。我知道这石头的珍贵以及主人转送于我的良苦用心。他对我说："看见这小小的石头，你会想到滚滚的长江浪涛源于铺着鹅卵石的小溪，也会想起在唐古拉山生活的平凡士兵。"这是高原人对作家的呼唤。我尽心爱护三河石至今。楚玛尔河石是白色的，清白像玉；沱沱河石是赤色的，灿烂如秋；北麓河石是花斑色，繁锦似霞。我实现了诺言，坚持每年回一趟高原。虽然文义民将军已调离高原到广州工作，虽然那位送我三河石的战士也退伍回到了故乡，但我每次到了长江源头，仍然能听见无数条小溪在高亢地唱着赞美生活的乐曲……

总会有一颗星在我头顶闪烁

常常有人给我提问：你上百次穿越世界屋脊青藏高原，就那么心甘情愿吗？坦率地说，苦、累，甚至对生命的威胁都时刻存在。但我愿意面对。只因为我内心有一个难以抑制的念头支撑：我要当作家。

十四岁那年，上小学四年级的我写了一篇命题作文，文中写到我长大后的志愿是要到青藏高原去，当一名勘察队员，成为作家。为什么要把去青藏高原和当作家联系起来，当时我说不清楚，就是现在愿望变成了现实，我也道不出个所以然。反正自从在课本上知道了中国西部有这么个美丽富饶的青藏高原以后，我就把它牢牢地放在心窝里了，常常做梦都到了那里。还是好奇多于理智。记得有一支歌曲《勘察队员之歌》，好让我喜欢，莫名其妙地觉得那些勘察队员都战斗在青藏高原。我常常哼唱着，有时走路也用脚和着节拍哼唱：

是那山谷的风，吹动了我们的红旗；
是那狂暴的雨，洗刷了我们的帐篷；
是那天上的星，为我们点燃了明灯；
是那林中的鸟，向我们报告了黎明；
是那条条的河，汇成了波涛大海……

我想象勘察队员在冰天雪地高原上的生活，勾画着我的作家梦。

我在十四岁那年写的处女作《陈书记回家》，在1955年第8期的《陕西文艺》发表。十六岁的农村娃娃在省级文艺刊物发表作品，确实罕见。我很得意，这篇作品的问世，缩短了我想去青藏高原当作家的距离。我的心更急切地飞向那个遥远的地方！

满天都是星星，总有一颗在我头顶闪烁。

生活中的巧遇常常不期而至。1957年冬，部队到我们县里接兵。当时我并不知道接兵接的是什么兵种，更不清楚他们驻扎的地方在哪里，许是企盼走出农村的心情太急切，就辞掉了在一些人看来很不错的民办教师的工作，瞒着父母报名参了军。铺着稻草当床铺的铁皮闷罐火车，把我们这些还穿着老百姓衣服的新兵拉到兰州，又坐了四天的敞篷卡车，来到昆仑山下的汽车团。从此，我成为了一名高原汽车兵。我梦寐以求的上青藏高原的梦想，真的好像做梦一样，就这样似乎轻而易举地成为现实。作家梦呢？我却感到有些迷茫，但并没有断了念想。我相信和她有着可以用心灵交流的秘密。暂且将这颗早就孕育的文学种子埋在心底最肥沃的宝地，一场春雪飘来她会发芽！

直到我在汽车教导营学会了驾驶、修理汽车技术，第一次开着汽车从插在格尔木转盘路口那标志着"南上拉萨、北去敦煌、西往茫崖、东到西宁兰州"的路牌前起步，驶上两千公里青藏公路时，我才真真切切地感到实现作家梦想的路开始了。我强烈地感到可以从这个四通八达的路口摄取足够的养分以滋养我的梦想。此刻，1959年初夏，一场六月雪正降临昆仑山。放眼望去，四周全是雪，除了矗立的雪峰，就是被白雪几乎填满了的洼地。我特地刹住车，走出驾驶室朝通往四方的路上眺望。雪峰连绵起伏，近的那么近，仿佛伸手就可以抓到一把雪；远的那么远，可望而不可即。瞬间，我想象的翅膀随着这通往四方的远路展开，飞翔起来。我能走到我想要去的每个地方吗？未见得！生活中常常能遇到格尔木这样的转盘路口，你有时赶路的步伐越快反倒越容易迷惘和走失。不是吗，如果是逃路的人，保不准走着走着，脚印倒是种在了路上，前面却是一个又一个坟头……生活就是这样，找到一些谜团答案的同时，又引出了太多的悬念。你又不得不朝前方走去，再寻找。

我正这么想着，一阵来路不明的雪，被去向不明的风吹动，几个牧羊人赶着羊群不知该走向哪儿……

无意间，我发现路边的雪层上挺立着几丛荆棘，在这野性的荒原上，它默默地吮吸着积雪用过的阳光。正是它们守住了原始的蛮荒。

我采摘了几丛荆丛，这是诗心文眼。

飞雪和冰凌在方向盘上交会，山路和戈壁在掌心重叠。敦煌、阳关、日月山、倒淌河、纳赤台、昆仑神泉、长江源头、拉萨河谷、布达拉宫……这些令多少人神往的鲜活得冒着仙气神韵的名字，是求之不得的文学原生态素材，它们从我踏着汽车油门的脚板下，一次又一次地闪过，刺激着我的神经，勾撞着我的魂魄。运输任务繁重，经常白天黑夜连轴转地跑车，我只能利用开车中点点滴滴的空隙时间，见缝插针写稿。但是我真的写不好，只能乘着梦的翅膀回到驾驶室坐垫上，把所见所闻的事记在随身带的记事本上。创作需要走进生活，更需要靠近历史。于是我搜集我所在的汽车部队在解放战争和抗美援朝战争中的故事。我坚信，一个人如果有一把万能钥匙，就会有十万把能开的锁子。这么多丰富多彩的文学原料，还愁变不成散文？

文学的路比我开初想象的远还要远。我寄出一篇又一篇散文，还有诗歌，天天等待开花结果。好不容易盼来自费订阅的报刊，战战兢兢地打开目录，寻找自己的那盏灯，可是看到的都是别人的名字。我的灯却不知在哪个幽巷里蛰伏着。

往事不可假设，但未来是可以预测的。我踩油门的脚踏得更狠劲了，恨不得一脚就踏出属于自己的一本书！我把那些亲身经历的，亲眼看到的，还有从历史深处挖来的文学的夜明星、五彩路，继续详略得当地记在记事本上，积攒着，再积攒着，等待着爆发！

我一直不相信文学创作有一种永恒的理论，但我们还是需要它。在一些创作阶段，只有理论能廓清我们的思想，让我们从迷乱和人云亦云的混乱中轻松走出来。忽然有一天，我遇到了一位贵人，至今我都记得他的名字。其实说不说他的名字并不重要，他只是一个文艺刊物的编辑，叫"师日新"。今天没有几个人知道这个名字。他来高原深入生活，得知我痴迷文学，写了许多作品苦于发表不出来。他特地见了我，说了一番话，至今我记得大意是：文学创作是一种没有尽头的想象艺术，最可贵的是创新。好像画家面对一张纸，下笔的地方有十个、百个，以至千个。到底能下笔的地方有几个，完全由画家自己决定。说实在话，他的话我当时似懂非懂。他还特地给我讲了诗人李瑛的几首诗。几十年来，我一直记着师日新老师的指点，摸索前行。他是在启迪年轻的作者，要热爱生活，但还要走出生活，生活在文化里。这样才能做到既源于生活，又能高于生活。文艺创作是以一当十、以十当百的艺术，丰富是用来赞美简约的。

开车和写作是我成长中并蒂的两片绿叶，共享阳光，同浴风雨。我的那个记事本怎能不像口袋呢，里面装的是酿制文学的精米细面。我匆匆赶路，忙往里面填充，最后把自己也装进去了。

谁说通往春天的路上不是布满荆棘，汽车驶进昆仑山后，山体上不时有泉水飞流直下。昆仑神泉是不是相传的当年文成公主进藏路上洗理自己的梳妆台，另当别论。但是众人皆知这泉水最冷的时候是大雪封山的季节。我的文学生涯在封闭和寂寞的意境里，经过相当艰难而幸福的跋涉，终于在这里亮起了一盏灯。

散文《昆仑泉》在1964年第6期《人民文学》发表。我接到这期刊物，无法掩藏的心花与刚刚落地军营外的春光接壤。不足两千字的一篇短文，书写了高原汽车兵和养路工人携手共守疆土的深情厚谊。一瓢水同样可以滋养根的生命。它给经过多少轮回才找到一盏灯的我，带来的冲击波是突破性的。整个春天，再加上整个冬天，我的心都是热的。怎能不热呢？就在不久前，也就一个月吧，我创作的反映高原汽车兵生活的散文《考试》，在全军举办的"四好连队、五好战士、新人新事"征文中获奖。这篇散文只有一千五百字，小散文折射的是大道理，它记述了汽车部队打破传统的考试模式，采取路考这一新的考试方法。半年前，我把《考试》的手写稿工工整整地誊抄在公用信纸上，寄到征文办公室，不久就在《解放军报》文化园地副刊发表。我无论如何也没有想到它会获奖，惊慌大于喜悦。获奖证书寄到高原后，团政委王品一在全团干部大会上，把奖状高高举过头顶，自豪地说："这是总政治部发的奖状呀！"至今，我依然十分珍惜地妥善保存着这张银色烫金、盖着"中国人民解放军总政治部"红色大印的奖状。

《考试》获奖的同一时期，我的另外一篇散文发表了，这不但惊动了汽车团，还让我家乡的亲人也着实受了一场虚惊。确切地说，那只是一篇小故事，题目为《风雪中的火光》，发表在《解放军生活》上。内容真实地记述了我们的汽车被突降的暴风雪围困在唐古拉山上。零下三十多摄氏度的气温，滴水成冰。为了保护汽车的水箱不被冻坏，我们把棉军衣的棉絮甚至衣面都撕下来，蘸上柴油点燃烤车。文章的最后这样写道："第二天早晨，暴风雪停了，我们重新上路。这时候，我们每个人身上都只剩下线衣和单衣。我们把温暖给了汽车，为的是让它去温暖西藏人民。"那天早晨，中央人民广播电台在《新闻联播》之后的《解放军生活》节目中，转播了这个故事。军营的战友们都听到了，我家乡的亲人也听到了。母亲得知我把棉衣生火烤了车，担心我会挨冻，赶做了一件棉背心，让父亲寄到部队。父母疼儿的心情可以理解。我接到背心后，一直舍不得穿，只是在每次乘车路过唐古拉山时，特地穿上它，以留住那段发光发烫的岁月。

《昆仑泉》发表后，1966年第7期《人民文学》又发表了我的第二篇散文《夜夜红》，依然是反映高原汽车兵生活，但是无论从取材的角度、揭示生活的深度，还是对高原汽车兵在高寒地区执勤时的奉献精神、面临的困境，以及物质匮乏和精神富有的反差，都有了更加敏锐的观察和提炼。

需要说明的是，《昆仑泉》和《夜夜红》都是被两家报刊退稿后，我做了较大的修改，才得以在《人民文学》发表。我总相信，失败无处不在，成功就在你的身边。只等你去唤醒，冬去春来。

一个汽车兵的作品，接二连三地在全国全军报刊上发表，引起人们的关注是不奇怪的。兰州军区文化部尉立青在1965年第1期《青海湖》发表了《可喜的收获——评王宗仁的三篇散文》，文中写道："这三篇散文篇幅都很短，但很精。作者以饱满的政治热情极力地歌颂了高原的新风貌和高原人新的精神状态，使作品充满了炽热的时代激情和强烈的时代精神，可以说是三篇较好的散文。"这三篇散文除了《昆仑泉》之外，还有发表在《青海湖》上的《船》和《昆仑雪里红》。

说起尉立青，还有个有趣的小插曲。他来高原体验生活，同时为《连队文艺》组稿。他特地约我写一篇散文。我加班写了篇题为《裴大嫂》的特写，颂扬了某兵站一位裴姓男招待员热情、细心、周到地为过往兵站的指战员服务的故事，大家都亲热地称他"裴大嫂"。尉立青编稿时把文中的"他"都改成了"她"。编完后才恍然大悟，又把"她"全部恢复成"他"。他很风趣地对我说："大嫂也可以是男人。我只好让'她'回到男人的行列里去！"

每个人都有自己的远方，渴望当作家的我对远方的渴盼似乎比一般人更强烈。远方不在起点而在尽头。尽头到来之前，它在哪里，好像很难一语道破。如果把你的远方比作灯火，这灯火挂得比星斗还高。你可以做到的是，双手紧握阳光，不让它从指缝间滑落。1964年前后，我感到我离远方好像近了一步。只是靠近，并没有到达远方。这个时间段，有三件喜事突然敲门，让我兴奋。一是我和我的同乡同学，同年入伍又同是汽车兵的战友窦孝鹏，携手加入了青海省作家协会。二是西安电影制片厂文学部王积成来高原组稿，约我和窦孝鹏创作一部反映高原汽车兵生活的电影剧本。我俩一听就吓炸了，写电影剧本？做梦都不敢想的事！王积成告诉我俩，只要拿出初稿，他们会有人帮助完成任务。三是我把多年来发表的散文冠名《青藏线上》寄到人民文学出版社上海分社，希望能编入备受全国读者关注的《萌芽丛书》。分社收到书稿后编号登记，让我等待处理意见。

青藏高原四季落雪，雪落下来就会融化，融化后冬天就单薄了。不能不说，我的文学梦可以望得见"远方"在地平线上恍惚出现几缕曙光。虽然我明白，是"不可能的"，但我仍然满怀希望地盼望着奇迹最终会出现，让可能成为现实！

我又一次坚定信念，又一次抬起头踏上了茫茫青藏线！

最终，后面的两件事八字没见一撇就飞了！回忆失落的美好，反而让我长时间抱有希望和期待。我便尝试着恢复失落的、有点残缺的文学梦。因为生活总是给我们带来惊喜，谁愿意看着原本多彩的日子变得死灰一样寂寞！

积累昨天的经历，创造今天的岁月，奔向明天的"远方"。

我继续创作，我真的巴不得将在风雪路上开车经历的故事，以及沉淀在脑海里的文学功底，都倾注到拉萨河里，用它的宽阔和流长孕育出一篇美丽的文章。没有发表作品的阵地——当时所有的文学刊物以及报纸都停刊，或者改头换面，我的笔记本就是阵地。记的内容大都是我写"我"，又是在自己的阵地发表，在写作技巧上进行一点探索，甚至展现一些时代的盲区，野一点也无妨。一篇又一篇散文、诗歌，甚至报告文学，誊抄在我自备的大小不一的笔记本上，有的本子是很精美的奖品册，有的是我买的纪念册，还有的是我自制的用画报包封皮的笔记本……我把它们统统称作"学步集"，一集、二集、三集……至今我仍然保存完好。我的许多散文就是从这个阵地上长出来的，我说"长"，是因为那些记下来的事情，仅仅是根，给它们添枝加叶后，就成了作品。那个隆冬，我在楚玛尔河畔写下一篇纪事后，看见河边孤独的冻土和叫不上名字的卑微的草根，独自承受一种凛冽，不知为什么我总想回头，走到文学的起点上去。也怪，就在我回过头的一瞬间，看见了"远方"的那盏灯还在闪烁。于是，我又把头收回，静静地贪婪地望着记事本里那些文学"胚胎"。

我在创作上的一个明显的拐点，或者说又一次爆发出火花，是1974年初春。当时我已经调到北京，在总后勤部宣传部任新闻干事，文学创作是业余爱好。平心而论，我调到北京从事新闻工作，主要还是在文学创作上取得的成绩帮了忙。1985年1月13日，我在《解放军报》发表了题为《我的两驾马车》的文章，这两驾"马车"就是新闻和文学，文中有这样一段文字："在我的肩上拉着两驾马车。我酷爱文学，也偏爱新闻。八小时之内写新闻，八小时之外搞创作。拉两驾'马车'当然要比单枪匹马费力了。但我心甘情愿……我总觉得离开新闻工作岗位，也许我的创作也会随之枯萎。"

话题再回到1974年初。一天，一封带着青藏高原早春暖雪的信飞到我手里，是刚从《青海湖》编辑部调到青海人民出版社当编辑的杨友梅的来信。她在信中写道："我很喜欢你写青藏线生活的散文，一直有个心愿，想把你这些作品汇集成一本册子，由于种种原因始终未能实现。现在看来这项工作可以着手准备了，请你把你的作品整理出来，寄给我看看……"

我惊喜得心都快蹦出胸膛了！我，一个曾经在风雪青藏线上开车的司机，几次送稿和她见面时都是穿着油腻的工作服，她接过稿件总会客气地让我坐在沙发上，询问我们汽车兵的一些情况。之后她就埋下头看我的稿，边看边用笔在上面勾勾画画。我总觉得我虽然坐在她身边，但离她那么远。哪里会想到她现在突然提出要给我出书，而且还是她早就有的想法。她在信中提出的唯一要求就是，集子里的作品必须有一半以上是新创作的，未在报刊上公开发表过。我立即很兴奋地给她回信，详细谈了对要出版作品的设想，列了个提纲。从此，西宁—北京之间的信件频繁传递着创作信息。我每写出一批作品就捎给或邮寄给友梅老师，请她指教。她从来不积压我的稿件，看完后总是及时和我联系。她对作品的要求很高，我新创作的或修改的作品，她总要提出进一步修改意见。

其间，有一件事我是无论如何也没有想到的，它多少也影响了我的写作情绪。她退回了我点灯熬油新创作的七篇散文，几乎全部否定。我把她长达五页的信反复看了好几遍，心中的不快和委屈才渐渐消散。信中她详细地谈了每篇散文的不足之处，并提出详细的修改意见。后来被教育部选入全日制十年制学校初中课本语文第三册的散文《夜明星》，原文中有一段关于天葬的文字，她提出正文中有"天葬"二字就可以了，不必展开写，在文后加注释。天葬是某些民族和某些宗教的信徒处理死者遗体的一种独特做法，三言两语在正文中很难说清楚，也没必要。她的意见是对的，我照办了。友梅老师还提出，将七篇散文中的两篇散文合二为一。她在信末写道："我既然要给你出书，就会严格地要求你。"很快，我按照她信中的意见，对七篇散文做了认真的修改和调整。寄给她后，她又热情洋溢地回信，称赞修改后的作品不仅内容充实了，也有了较深刻的意境。她还高兴地告诉我，她编的工人作家程枫的小说集征订数为二十七万五千册，希望我这本书的印数也达到这个水平。

友梅老师在这期间常常利用她爱人老罗来京出差的机会，顺便给我捎来她改好的稿件让我誊抄，我则把修改好的稿件让老罗捎回。老罗每次都和我约好在我们部队驻地的万寿路地铁口见面，不见不散。老罗人很瘦，朴实，淳厚，话不多。我多次请他到机关坐坐，他总是笑笑，说很忙，以后有机会。可是，他始终没去。1975年11月，《珍珠集》由青海人民出版社出版，这是我的第一本散文集。

至今，我已经出版了四十五本作品集。

2008年4月，我获得第五届鲁迅文学奖的散文集《藏地兵书》，由解放军文艺出版社出版。这本散文集是当时素不相识的年轻编辑丁晓平找上门主动向我约稿的。他在书的封面上赫然写着这样的导读语："比小说更精彩，比传说更感人。一个上百次穿越世界屋脊的军人，一个把生命化作青藏高原一部分的作家，他写了四十多年高原军营生活，有数百名藏地的军人从他笔下走过。大家称他'昆仑之子'。"这本散文集中的作品，有一半以上是经过《解放军文艺》的编辑王瑛精心指点发表的。她告诉我："写青藏高原军营的题材，是你独有的文学资源，但是你不能只凭简单的经历和经验写作。当然，这样写也容易打动读者，却也容易失去个性，往往淹没在共性的洪流之中。你不仅要站在自然的高度写高原军人的苦乐、死亡和亲情，还要站在人性的高度去写。"她打了一个比喻："如果你拿个碗在瀑布前接水，能接到水吗？"

我理解并践行王瑛的这番点拨直到今天。优秀作品的产生，不仅需要时间，更需要改变思维模式，以及懂得如何取舍生活，把原味生活酿制为文学作品。之后，我在摸索中创作了一批散文，不但取材有突破，写作也与过往不同。以发表在《解放军文艺》上的两篇作品为例：

《传说格尔木》，写了一位藏族老阿爸为了保护埋葬在戈壁滩的女军人的遗体，赤手空拳与毁坟的野狼进行搏斗。他硬是用青筋暴起的拳头砸死了张牙舞爪的野狼。女军人是因为缺氧去世的，老阿爸也是因缺氧献出了生命。女军人的墓旁又立起一座新坟。《唐古拉山和一个女人》，反映了青藏线上第一个汉族女性给军营带来的满园春色，而她自己却献出了宝贵的生命。

后来，王瑛随我走了一趟青藏高原。她在和我的一次对话中说："我上一次青藏高原，看见的青藏高原是一种样子，您年年上青藏线，写出的高原故事又是一种样子。生活和文学的这两种样子在记忆里重叠在一起，您对青藏线上官兵生活的感受，变为对生命在极限状态中所呈现的光辉的一种认知。而这正是文学不可替代的价值。"

也许，今生我再不可能上青藏高原了。但是，我还会写高原生活。因为文学，让我站在了比青藏高原更高的精神高原上！

2019 年春节于望柳庄

昆仑山上一棵树

汽车箭镞般地在青藏公路上飞驰。这时你如果把目光投射到车窗外，马上会觉得自己置身于大自然的一个动物乐园中，目不暇接，看不够动态中的野生动物——藏羚羊从荒滩匆匆跑过，野驴在河边悠然饮水，雪豹滚在雪中自乐，苍鹰展翅飞翔在低空。远处，在蓝天与雪山衔接的地方，浮现出一片生动百态的海市蜃楼：静立的楼阁，游动的船队，野兽追逐，水鸟戏飞……

日复一日，年复一年，这些在内地罕见的景观在高原上一成不变地重现着。虽然鲜为人见，但看得多了也会觉着腻烦。

高原没有树，在汽车未进入拉萨河谷之前，一路上看不到一棵树，人们心里发涩、干渴。几代青藏线人都说，在这儿栽活一棵树比养活一个金娃娃还要难！

我经常跑青藏线，渴盼在那里看到树的心情比别人更迫切。在那个平均海拔四千米以上的高寒缺氧世界里，树代表着一种美好的信念，象征着一种坚毅的力量。可是有一天当我在昆仑山里突然看到树时，怎么也不相信这会是真的……

那是初秋的一个清晨，我在昆仑山玉珠峰的西大滩住了一夜后，乘坐军车行驶六十公里，早早就到了纳赤台兵站。相传当年文成公主进藏时，在此处投宿和梳妆打扮过，留下了纳赤台这个地名。就是在这个兵站大门外的公路边,一棵傲然挺立的白杨树不甘示弱地走进我的视野。我惊异地上前打量起来。这棵小白杨孤零零地站在茫茫昆仑山中,向人们展示了一个勇敢者的形象。大概昨夜有一场小雨降临山中,它的每片叶尖上都点缀着一颗亮亮的露珠,甚至能清晰地看到映在里面的山峰。我想,是山峰太饥渴了,挤进这露珠里润嗓子吧!

记得是五十年代末,高原人曾用"昆仑山上一棵草"来祈盼绿色,渴求绿色。然而,那时高原上连草也长不起来,"昆仑草"指的是一位在冰天雪地里给过路人送去温暖的内地来的嫂子。如今,昆仑山中真的有了树,嫂子却不知到了何方。

谁在昆仑山里栽下了一棵树?

是纳赤台兵站的少校站长姚万清。他告诉我,他们已经在山里栽了三年树,头两年都没逮住苗。去年是第四年了,栽了一百棵小白杨,就活了这一棵。这一棵树现在虽然活了,但能不能有长久的生命谁也无法预料。他说这话时情绪显得有些低落。我问:"难在什么地方?"他答:"关键是把好浇水、过冬这两道关。"

浇水的问题他们已经解决了,最初是用兵站门前昆仑河里的雪水浇树,雪水瘆凉得很,树苗承受不了,抱冰而死了。后来他们改用昆仑神泉的水,这是一个不冻泉,四季恒温,很适合树木生长。这样,白杨树走过了夏天,也顺利地度过了秋天。可是它们最终没能挡住酷寒的袭击,死在了冬天的第一场大雪里。

姚万清抱着枯萎了的树苗痛哭了一场。

好汉是不能用眼泪洗刷失败的。少校在来年6月继续栽树。昆仑山每年在这个时节才开始有春天的气息,那硬硬的寒风变软了,山巅的积雪也开始消融。官兵们只用了三天时间,就在兵站门前的路边齐刷刷地栽起了两行白杨树。不多不少,正好一百棵。

夏天走了,秋天也随之逝去。进入冬天后,一百棵白杨树只留下了一棵，就是眼下我看到的这棵。它是在走过了一个冬天的艰难路程之后，出现在我眼前的。寒冬把它的枝干磨炼得壮实了，叶脉也厚墩墩的。少校告诉我，前些年，天一冷，他们只知道给树穿棉衣，整个冬天都捂得严严实实的。后来一位过路的农业学院教授指点他们，说树木冬天当然需要防寒的棉衣，但是更需要吸收阳光。太阳给它的除了温暖，还有活力，即生命力！这一点棉衣是代替不了的。姚万清听了，心里一下子亮堂了。每隔三两天他便给存活下来的这棵树脱掉棉衣，让它晒太阳，到了后半晌又用棉衣把它包裹得紧紧的。

姚万清说的给树裹上棉衣是指用毛毯将树缠扎起来。他说："这棵树就这样活过来了，度过了第一个冬天。本来很棘手的问题，经教授一点化就轻而易举地解决了。咱们脑子里缺的是科学呀！"

少校的话题突然又变得沉重了，他说："还有第二个第三个第四个冬天，谁知道这小白杨会不会夭折，那样昆仑山又会变得灰暗起来。"我安慰他："只要这棵树活下来就是栽树人的胜利，活一年是小胜利，活两年是大胜利，活三年这胜利就很辉煌了！"少校很有信心地说："我当然要争取辉煌的胜利。"

这话我信。我还告诉他，从现在起，我们就应该把"昆仑山上一棵草"，改为"昆仑山上一棵树"了。明年或者后年，我还要写一篇散文，题目是《唐古拉山一棵树》。

他笑了，笑得很开心！

柴达木的河向西流

盛夏的那个中午，我静立在柴达木盆地南沿红柳丛中一条河拐弯的地方，放眼四顾。雪停了，只有阳光，漫山遍野的积雪闪闪发光。山洼被阳光填得满满的，简直可以用勺子舀出来。我发现我找不到自己，我已经被满眼的白雪融化。瞅着仿佛停止了奔腾的河水，我追寻它的来路，再望流向，能清晰地看到河面呈"S"形，规规矩矩地展示在雪山下，缓步向西流淌，随山势拐过那个弯就进入昆仑山了。

严格地说，这条拐弯西去的河是格尔木河的一条支流，源头在昆仑山中的瑶池。瑶池有美丽的传说，远古时期统治青藏高原的女王西王母，就是在这里会见西周第五代君王周穆王。大概有那么一天，寂寞的瑶池不甘于卧在深山，便把一只胳膊伸出了昆仑山，漫成了今天的格尔木河。它出山后原本直直地向东流去，流到山下遇到了这个多情的回水湾，一侧身，暂时改变流向，走了一段回头路。等它转身之后再东流时，便汇入更大的潮流。在我们的生活中，不是也常常遇到这种突然改变前行方向的事吗？也许这种困扰，正是活着的意义，也是写作的精妙处。此刻，我站在河岸，透过无声颤动着的河面，用目光跋涉它的深邃，可瞭见河床上亮晶晶的鹅卵石张着嘴好像要唱歌的样子。我推想，它不知经历了多少个无星无月的夜晚，沉睡和晨醒，才在水势稍缓的这个红柳滩慢慢地回过头来，望了望岸上的群山，打了个转身，选择了又一个西去的流向。它带着身不由己的力量义无反顾地流回昆仑山。可以肯定的是，它回不了瑶池，出发的地方怎能是归宿！不管它走多少弯路，必然还会流回来的，大海才是它最终的家。但，它还是恋恋不舍地回了一次昆仑山！我看见了，就在它回头时，地平线已经开始了弯曲。河岸的丛丛红柳苍翠着它的流程。

格尔木河也学到了我们这些终年西行奔向拉萨的汽车兵的性格，一路风雪相伴，内心却风雨暂息。我站在岸上巴不得马上过河，过了河就可以攀上昆仑山，翻过昆仑山又能上唐古拉山、喜马拉雅山。西行路上有多少山，山上就流淌着多少西去的河。就整体而言，这样的河肯定不多，但是集合起来也是一支队伍！每条河有每条河的天空，它们的身体里有奔腾时留下的欢乐，也难免不留下伤疤。我要说的是，在它们拐弯西行时，带走的也是留下的！

柴达木的河向西流。

多么可以让人上天入地肆意联想的一句话。那天，我在笔记本上写下它时，就像在大寒中吹出一口暖气，瞬间，立春就到了。真的，就是这种神妙的感觉！这句话是我从那本《可爱的柴达木》书中获取的。我们汽车兵一天到晚扒着方向盘跑车，日子单调得连个说话的伙伴都难得遇到。那是一个寂寞的日子，我看见在长江源头楚玛尔河兵站食堂的阅览台上——砖砌的像农家火坑大小的一个平台，零散地摆着有数的一些报刊，一本《可爱的柴达木》被几张报纸遮掩得只露着"柴达木"三个字。柴达木？这三个字一下子放大了我的喜悦，不就是此刻我脚下的这块土地吗？我像饿极了的汉子，抓起这本书就读了起来。两只眼睛如同铧犁翻地般地快速插进字里行间浏览，心神掉进书里不能自拔。这个中午为了多读几页书，我没有理由地推迟了出发时间，踩着催征的哨音，三进三出食堂。拿起那本书放下，放下又拿起。像是缘分，又像是无奈。有些明白，又不能一语道破。兵站管理员或许看出了点什么，笑我书呆子气,说:"只要不带走,你多看一会儿是允许的。"他在暗示什么,又像是挖苦的口气。当时我甚至很不讲理地想:这种人肯定不读书!

至今,我的那本磨掉封皮的笔记本上,还留着那天在楚玛尔河兵站从《可爱的柴达木》中摘抄来的一段内容:

"盆地有很多河流,人常说'天下河流皆东去',可是在盆地,河流的流向却极不一致,有的向东,有的向西,有的向南,有的向北,它们从东西南北一齐注入盆地的各个湖泊或潜入地下。盆地河流的水源多是汇集四周山上的积雪融化的水和夏季山洪的水形成的。"

读书很少能读到被触动。"柴达木的河向西流",这样的句子绝对蕴藏着妙不可言的韵味。犹如一匹飞奔的白马,四蹄腾空,让人动情。它不仅是河流的苍茫,也给热爱柴达木盆地的人心里溅起多少可以飞上天空的浪花!河水向东还是向西流,当然是由地势决定的。但是当它上升为一种精神后,向西流的河流就深含了异乎寻常的顽强、质朴和博大。我真正地理解或者说深层地认知了向西流的河流的本质,还是后来结识了行走在河岸上开发建设柴达木的人。

当年,青海省还没有一寸铁路,从祖国各地奔涌而来的盆地建设者,不得不在兰州乘坐去乌鲁木齐的火车,穿过大半个河西走廊,在一个叫柳园的小站下车,然后倒汽车(有时还不得不步行)取道敦煌,翻越祁连山进入柴达木。因为他们起程的地点、时间不同,就很难有统一的行动,总是零零散散地各走各的路径,但每条路上都拥挤着向相同方向前行的艰难跋涉者。在这些西行的人中就有作家李若冰……

这是1954年初秋,西北大地已经呈现出一片超越季节界限的隆冬的萧索。李若冰背起在兰州准备好的旅途食品锅盔、辣椒酱,和五名勘察队员从敦煌出发,第一次闯进柴达木盆地。他开始用毅力打磨冬天的经历。这是他文学生涯中一段刻骨铭心之旅。六个人只能算是一支小分队，却浩浩荡荡。数十年后，我努力从他的散文集《柴达木手记》中寻觅，还原了当年他在沿途经历的一些被时光淋湿的陈旧印迹。李若冰在他的这本散文集里漫谈他在盆地深入体验生活的文章中，多次提及步行赶路的情景。这使我们感受到了作家若不付出艰辛的跋涉，文学的路是绝对走不远的。那时候，汽车是通往盆地各处的唯一交通工具，可是许多刚开发建设的第一线还没通车，只能靠步行前往。他经常在平均海拔两千米的高原上行走，还得背着行囊，每前进一步都是对意志和体力的考验。有时遇到上山路，就得手脚并用，猫着腰，双手在雪路上刨着移动。行走的姿势已经变了，不是走，而是匍匐着一步一步地前行。尽管高原的寒风已经偷走了他的体温，可是他身上的衬衣仍然被汗水浸湿了。李若冰的未来在哪里？也许他很清楚，也许此刻还不十分清楚。不管未来在哪里，他一直"在路上"。

李若冰先后五次深入柴达木：第一次，1954年秋；第二次，1957年8月，他和李季结伴而行；第三次，1980年夏天；第四次，1987年盛夏；第五次，1993年。如果不是把炽热的胸膛紧紧贴在这块冻土地上，如果不是对柴达木热爱得眼里含满热泪，如果不是铁了心让文学之花在贫瘠的苍野盛开，他李若冰走一次柴达木就行了，大不了跑上两趟，足矣！他怀揣抱负只身在盆地的山川、湖河、草原、戈壁奔走。兴奋之余心里却有一种说不明道不白的阴影，总觉得自己离死亡很近，也离明天很近。怎么会有这种感觉呢？他没有恐惧，只在心里叮嘱自己：不必想得更多，坚持往前走，希望总归会实现。作家有一程山水，就会有一程体验。前面就是他采访的对象，只要找到他们，他就可以写出一篇散文。给人的感觉，他李若冰走进盆地，甚至他这一生，只是为了无踪无影。只要留下散文就好！可不是吗，不为文学，他一次又一次来到这荒野大漠干啥呀！

他采访得更多的还是交通问题。这，他有思想准备，但总是力不从心。也许就因为这样,苦涩的空气里总有着谜一样的幻影和故事。他真的不觉得苦涩,盆地一日三变的气候让他享受其乐。真实与虚幻在交织中显出美丽。风雪又迎面扑过来了,李若冰挺起胸膛站立着,这时风雪似乎立马消散了。他好像看见天空蓝得像泉水洗过,太阳走出云层,对他睁大了真诚的水汪汪的眼睛。他又好像看见月亮秀唇一吐,就是一打江山、半个盛唐。他还仿佛看见雪墙上冻瘦的枯草僵而复活,探出嫩鲜鲜的叶芽……这些绝不是远方渴望追溯与抵达的念想,而是眼前就可以享受到的美景。都让他李若冰遇上了,真的好幸福!他在散文《戈壁夜行车》里记录下了这样一件事:那天,他在茶卡盐场采访后,准备去格尔木。可是茶卡运输站没有车,他们让他站在路口挡车,碰上有空位的车把他捎去。"于是,我就站在茶卡路口,见车就喊,就挡,就招手。可是,从早到晚,没有碰到一辆有空位的车,一天至少有三十辆车驶过。一队一队的车辆,不是拉着钻探器材、木料,就是拉着面粉、罐头、蔬菜……它们都负载很重,哪一辆车能有空捎人呢?你说司机不帮忙吧,不,当你招手挡车的时候,看见司机那种抱歉的笑容和给你诉说无法捎你的那种为难神情,会给你留下一种说不出的亲切感觉。"

繁忙而空落的柴达木路口!空落?一个千里万里自愿奔波而来的为高原建设者写赞歌的作家,都享受不到一次乘车的机会,他心里不空落吗?不,这就是正在成长中的柴达木盆地绽露的完美之缺!匆匆走进盆地甚至连脸上的汗渍也顾不上擦去的筑路人,还来不及在满地裸露着碎石沙砾的处女地上栽起更多的路标。李若冰带着几分焦虑但不失望的表情站在路边,看着那一条新诞生的与西去的河流平行的坑洼不平的公路,心中丝毫没有挡车未果的怨气,收获的只是对这块宝地深爱的沉醉,这就是他希望看到的柴达木正在开始的新生活。没有什么比生活更重要!他大踏步又走向另一个路口,三步并作两步,心急脚捷。在另一个路口能否挡到便车,他也没把握。他只是想多见识几个柴达木这样的路口。如果不用多久，能有一条路，后来人见证是从他李若冰此刻挡车时留下的脚印里诞生，那将是他柴达木之行最值得骄傲的荣耀了。从他迈向另一个路口时快捷的脚步声中，可以推知他对前方充满希望。他回望身后自己留在薄薄雪地上的脚印，被正午的阳光放大了，像一枚枚清晰的印戳。谁能说这些印戳不是即将诞生的一条新路的路标呢！他快速朝前走去，他的收获、他的幸福永远有一个前方，那是寻找文学生命的方向。

我们可以这样假设，李若冰当时不坚持站在路边挡车，而是在茶卡盐场招待所等候有关部门给他派车去格尔木——他完全有资格也有理由这样做，好多作家记者不都是这样做吗？但是他没有。正是他的这种秉持和坚守，让他有更多的机会领略久睡初醒中盆地的古老神秘面貌，见识拔地而起的厂房和新村的生命动力，目睹埋葬在大盐湖深处的不朽岁月……他被柴达木独具的魅力深深折服。大风过后，草木有声。正是这些看似点点滴滴的亮色，给他的散文注入了亘古悠长的独特美！

掏心掏肺地说，回看李若冰挡车得不到满足的这段文字，我读得心里既感动又羞愧。一个作家靠站在荒天野地的路边挡便车去长途跋涉，完成采访任务，今天的同行恐怕享受不到这个"福分"了。还有，无法捎带李若冰的司机以歉意的笑容解释原因时为难的神情，也给我们传递了人世间的温馨。阴晴冷暖，励志的季节各有不同。如今，遍地花好月圆，紫气充盈。手一伸，脚一迈，空中、地上、水里，任你心满意足地去远行。如我，虽有上百次穿越世界屋脊青藏高原的经历，但那大都是在食宿交通无忧的前提下来去的。今天，每一刻都那么美好，我们真的应该知足常乐，把幸福的时光揽在怀里，一直到天地、山川融化的那一刻。

我的双脚像钉子似的钉在格尔木河拐弯的岸上。看着河浪，河水仿佛在诉说它流程轮回的百转千回。我看见河水流经之处，群山总是缓缓地俯下身子，钻入了水中。格尔木河在它漫流拐弯处之后，放快了西去的流速，一朵浪花不安分守己地蹦出河面，跃过回水湾处一片拦路的红柳丛，加速西去，流向昆仑山。也许李若冰当年看到的就是这样一朵浪花，便把它揽入了怀里，让它流进了《柴达木手记》……

1959年，作家出版社出版了李若冰的散文集《柴达木手记》。这肯定不是他的第一本作品，却是国内第一部反映柴达木生活的文学作品。一个人的岁月，柴达木一个时代的心声。他珍爱这本书是可以理解的。他按捺不住吮吸柴达木大地的母乳后收获的创作喜悦，写下了这蓬勃葱茏的心语："我每走过一个地方，都舍不得离开，我想得不行。我丝毫不掩饰自己的感情，我酷爱着大西北。虽然，我看到的是大沙漠、戈壁滩，可是，不正是这样的地方，更能显示我们人民的生活、劳动、斗争和建设的魄力吗？我非常珍惜所看到的一切。我满怀着尊敬写这一切：戈壁、沙漠、草原、石油、铅锌、金银、大路、狂风、湖泊、土屋和战斗在柴达木的可爱的人们。柴达木有多么好呀！在与勘探者相处的日子里，他们给予我的东西远比我给予他们的多得多、丰富得多、美丽得多。"

李若冰有他坚持的信念：作家离开了他热爱的土地，就失去了存在的意义。他在一次访谈中坦言，在盆地的日子里，他步行走路的时间不比乘车的时间少，因为走路他可以左顾右盼，得到了许多意料之外的创作素材。更重要的是，他没有失去信心。所有的路都是脚板踏出来的。从他的话里话外，我能感受到，他把高原建设者用粗糙的双手喂养的柴达木这块宝地，已经视为自己的故乡了，他要精心抒写、歌颂她。

《柴达木手记》重印三次，每次重印李若冰都要写后记，掏空心里每一个角落，搜寻最贴心的文字表达他对柴达木这块土地灼热的疼爱。1980年，他在后记里写到勘探队员的精神已经"占领了我的灵魂"："从某种角度来看，他们中间不少人，并不适应长年野外的勘探活动，完全可以选择另外的生活，但他们毅然到大沙漠来了，到大戈壁来了。不是一年两年，而是几十年，一直在荒原上颠簸奔走……他们裹着老羊皮登上了祁连雪峰，喝着苦水迈过了昆仑险路，啃着用骆驼粪蛋烧烤的冷馍叩响着山崖、挖掘着矿石，以至于有时迷了路，几天几夜断粮断水，于是只有饿着肚子，爬行苦斗，有的最后竟然倒在沙窝里。"1986年，《柴达木手记》又一次重印，李若冰在后记里写道："我渴望学习骆驼，一如既往追随野外勘探者的足迹，一步一个脚印，在大沙漠里跋涉。我命里注定是跑野外的，而且早就跑野了。"由人及物，他以"戈壁之舟"骆驼为榜样，树立在自己面前。后来，李若冰多次说过，柴达木的每一棵草都会微笑，每一块石头都会说话。没有对土地的感情，何来这种落地生根的语言，这话是发自内心的。只有"跑野了"的人才会写出这样有翅膀、有力量的文字。

《柴达木手记》一书里的文字是有翅膀的！那是因为作者的心里装着翅膀，要不怎么会"跑野"呢！跑野了！只有三个字，每个字值千金，能于罅隙中看见远方。我实在太疼爱这句话了！这个"野"字，还有那个"跑"字，都是长着翅膀的文字，这翅膀是有根的。李若冰把自己种在了柴达木。我立马跟着也"跑野"了！跑，自然是向西跑，是踩着李若冰的脚印跑。西出阳关，西出昆仑。出现在他散文里的许多地方，日月山、青海湖、茶卡、噶尔穆（格尔木）、纳赤台、锡铁山、察尔汗、大柴旦、当金山、茫崖……正是我们汽车兵开车必经之地。每每来到这些地方，总有一种似曾相识的亲切感奔腾在我心间。真的，我读着李若冰的散文，踩着他的脚印，不知在柴达木奔走了多少回。从他作品的文字背后，我看到了一个情满柴达木的忙碌作家的身影。我读出了一幅柴达木的地理地图，它像一张门票，是我通往盆地各处的最短路径。多少个夜晚，我忘记了白天奔波的疲劳，打开《柴达木手记》，轻舒慢卷，从左往右，从前往后，寻找在李若冰散文里出现的每个地名所处的格局，细细回望往事。他大概没有想到，正是这些地名，还有拍打过这些地方骇人听闻的冰雹和六月寒雪，幻化为蓝天中的白云、雪山之巅的雪莲及戈壁滩的红柳枝……在一场过路雨之后开始发芽，长成了我的散文：《传说格尔木》《消失了的望柳庄》《记忆中的马海》《锡铁山的一车矿石》……这些散文是我扎根高原的嫩芽，是冻土地上的新苗。柴达木令我的笔尖振奋，情不自禁地讲起了柴达木的故事。我应该也会做到像李若冰那样，"身体一旦破口，就会流出柴达木河的基因"。

总有预料不到的事情节外生枝。有一天，在我不得不把珍藏了多年、被我拇指和食指捻得书角像花卷似的《柴达木手记》付之一炬时，我的心疼得流血！这样的事发生在"文化大革命"中。当时，我必须把珍藏了一木箱的书上交。心有不甘，我像做贼一样偷偷地保存了几本实在舍不得的书，其中就有李若冰的散文集《山·湖·草原》。为什么没留《柴达木手记》？因为《山·湖·草原》里选了《柴达木手记》里的一部分作品。权衡再三，我忍痛舍弃了它。

1993年夏，李若冰第五次走进柴达木，他写下了反映柴达木生活的最后一篇散文《紧贴你的胸口》："……在我心里，时常鸣响着一支歌。这支歌，高亢激越，豪放悠长，紧叩着我脆弱的心扉，使我振奋，使我浑身像火焰般燃烧，怎么也平静不下来，于是我被歌声诱惑，便疾步走向远方……从此，我像着了魔似的在柴达木几番走出走进，享受人生的快乐。"第五次进柴达木，李若冰像第一次一样心里依然燃烧着"火焰般"的激情。他在开始的地方结束，《柴达木手记》是圆满的句号。

我又一次来到红柳丛中格尔木河拐弯的那个地方。自从在这里发现格尔木河也有向西流去的一段流程后，我对它魂牵梦绕，有一种好像从高处崩落下来又攀向更高处的柳暗花明又一村的豁然开朗的感觉。人生的希冀与命运苍凉的动力，完全在前行中不断改变方向。从你来到这个世界的那一刻起，就意味着你被大自然的魅力所吸引，被世界所规训。

总有一些事物在逼近，同时在后退。我又有了新的发现。河在淌水，水在向西流动，但是河心有一缕草丛——也许是红柳枝儿吧，却固执地向相反方向披靡。我透过薄薄的水体，看见又是一个小小的回水湾，水势不甘西去，调转方向，草枝儿轻柔地摇曳着，梦境般地顺着一股暗流向东淌着，重温旧梦。这是一个几乎被人忽略的温和细节，它没有打算惊醒一花一草，毕竟柴达木的河曾经都是这样。

仍然是昆仑山，它那犬牙交错的峰峦又迎面飞来。我在柴达木行路，漂流把我送到又一个写作的入海口。这一天，我搭乘便车西行九十公里，来到不冻泉，这是我此行的目的地。这个地方曾经因为一位作家写了一篇小说《惠嫂》，一直到今天还影响着我的文学人生，让我说不清道不明地蹭了不少光彩。你看过电影《昆仑山上一棵草》吗？这棵草就扎根在寸草不生的不冻泉。其实不是草，是一个叫惠嫂的女人。写《惠嫂》的作家叫王宗元。是王宗元，而不是王宗仁。一字之差，差之千里，笑话闹大了……

1960年或1961年夏日的某天，我脑海里还有着清晰的印象，那是格尔木一个少有的天高云淡的晴朗天。阳光把积雪的昆仑山抬到了蓝天上，变成一片一片鲜亮鲜亮的白云。我在车场满手油污地保养汽车，准备次日登车出发去拉萨执勤。营部通讯员急匆匆地跑来让我去接电话。是青藏兵站部宣传处李廷义干事打来的，他祝贺我的一篇作品在《人民日报》刊登。我好纳闷，没有的事呀！我从来没有给《人民日报》投过稿。虽然当时我已经在《解放军报》等报刊发表过一些小文章，但毕竟是文学小路上蹒跚学步的小青年，对作品登上《人民日报》想也不敢想。李廷义讲的是怎么回事呢？于是，我这个有的是心劲却没有条件看到《人民日报》的整年在路上跑车的汽车兵，费了颇大周折才在图书馆找到那张报纸，一看是王宗元写的小说《惠嫂——故事里的故事》，在《人民日报》登了一个整版。他写的内容是我眼皮底下的生活——不冻泉运输站那位不是招待员的惠嫂，热心为我们这些在青藏公路跑车的司机服务的故事。惠嫂的老公是运输站站长，原来在老家陕北当乡长。惠嫂探亲到了高原，便当了义务招待员。老惠、惠嫂这样的高原人，每天都晃动在我们眼前，闭着眼睛也能抓一大把他们的故事。没想到让这个王宗元写出来了！说实话，那时候我还真没有写出《惠嫂》这样作品的本事呢！可以肯定的是，我一直走在奋力写好作品的路上。我铁了心要找到王宗元，向他讨教写作经验。从《惠嫂》里我读出他应该在格尔木，要不就在西宁，大不了远在拉萨。反正跑不出青藏高原。到这些地方去，对我们汽车兵来说，就像串门走亲戚一样便当，油门一加，青海—拉萨！我跑断腿似的四处打听王宗元在哪里，在一次又一次失望后，终于得到他的确定消息，他是青藏公路管理局农场三分场场长，这个农场在昆仑山下的戈壁滩上。只是他已经在一个月前调离高原，到了西安。我不但没有失望，反而萌发了新的希望，西安是我的老家，隐隐有一种亲切感。只是对远在家乡之外青藏高原上的我来说，这种亲切像隔在玻璃背面，也许可以看得见，却不知何时不用切割玻璃就能相握！

看不到远处，就不要急着去看。等日子平静下来，另一种风景就会来到眼前。生活每一刻都在分裂、变幻，每一天都是新的。没有见到王宗元，惊喜的是，不久就看到了根据《惠嫂》改编的电影《昆仑山上一棵草》。我百看不厌。在拉萨西郊兵站夜风嗖嗖的院子里看过，在格尔木汽车团露天广场上看过。一生都难忘的当数在影片故事的发生地不冻泉兵站车场上看这部电影。每块石头、每堆积雪、每棵冬草，都伸长脖子屏住呼吸，和我们一起看电影。那天晚上，夜空里飘着零零星星的雪花，天气的冷比我害怕的冷还冷。兵站的官兵，道班的养路工人，投宿兵站的汽车兵，还有几个驻地的藏族同胞，总共不足五十人，早早就坐在银幕下自带的马扎上等候。因为是跑片，从格尔木跑到不冻泉已经九点多钟了。雪下得越来越大，可是没有一个人离开座位。人人都沉浸在影片中那些从他们生活中提炼出来的充满情趣的镜头里，隔着银幕仿佛也能闻到惠嫂身上那股饭菜香味！

后来，有了电视，我又多次从电视上看到《昆仑山上一棵草》。前年，央视还在电影频道播放了这部片子，我特地通知几位朋友收看。半个世纪过去了，当年拍摄的黑白片看起来还是那么让我激动、亲切。这让我们不得不承认，有些我们做过的事、交往过的人，对这个世界、对这个社会有思考、有表达的欲望。于是，它让我们在很多年后仍然会珍惜地重新拾起。如留在不冻泉的那堆残墙破瓦，我一直坚守它远处的孤独。这孤独是遗产。

1964年夏天，我去北京参加一个创作会议，路过西安，特地下车拜访了这位我心中的偶像——王宗元。在他那间很不宽绰只放了一张办公桌的办公室，他的心里好像装着什么不便言说的事，不太主动开口，多是接我的话茬，答问式的。还记得的是，当我提到格尔木时，他的眼睛一下子闪出了异样的光亮，话也自然多了起来。他提到的两件事至今让我记忆犹新，一是说他还很想回一次格尔木，想把穆生忠的故事好好采访采访，如果有幸能在格尔木见到穆将军，那将是他这一生很幸福的事。他说穆将军是一位顶天立地的了不起的人物。至今我眼前还浮现着他讲到"顶天立地"这四个字时，用手臂做的指指天又指指地的动作。二是他几次提到格尔木河，说这几十年走过多少河，没有哪条河的水像格尔木河的水那么清澈，真是从河面能望到河底。他提了个问题："昆仑桥是架在达布增河和嘎果勒河汇合处的一座桥，这两条河流到了阿尔顿曲克草原后是不是就成了格尔木河？"我被他问住了，只得照实回答我不知道。他马上给我解围："也难怪你不知道，柴达木的河流太多，朝东、朝西、朝南、朝北流的都有。常常在不足半小时的赶路中，你就可能踏过两三条河。不管它是从哪儿流来，也不管它流向何处，那水都是清澈见底的。这些河大都源于山中的瑶池。"瑶池？我还是第一次听说。他接着讲了有关昆仑山的一些神话传说。远古时期，统治青藏高原的至尊女神西王母就居住在瑶池一带。还有，白蛇娘娘就是从昆仑山盗来灵芝仙草救了许仙。当时王宗元讲的这些对我都是十分新鲜的，头一次听说，大开眼界。怪不得他对柴达木的河那么有兴趣，那是因为那些河蕴藏着我们民族的文化记忆！我忽然联想到他写的那位惠嫂，那也是个有灵气甚至仙气的人物啊！于是我提到了他的小说《惠嫂》，有人误认为那是我创作的。他听了淡淡一笑说："这不奇怪，咱俩都是王族一家，又都是宗字起头。前不久你发表在《人民文学》上的散文《昆仑泉》，还有人当成是我写的呢！"我听了忙说："还有这事？我那篇东西不值一提。"他说："怎么就那么巧，王宗元、王宗仁，两人都是写昆仑山！"

这次见面，他给我留下的印象是：他很不愿意把自己置身于文学局外，又好像身不由己地被闲置于局外。匆匆见面，匆匆离开，没有相约，也无赠言。仿佛总有一种恍惚飘摇的感觉。然而，我们好不容易的第一次见面却成了终生遗憾的永别。值得欣慰的是，不久我在西安买到了东风文艺出版社出版的他的小说集《惠嫂》。再后来，我又从北京沙沟旧货市场淘到了一本1963年上海文艺出版社出版的《昆仑草》，这是根据《惠嫂》改编的独幕话剧，这两本书现在都珍藏在我的书橱里。

我没去过的地方，为什么总有我模模糊糊的影子？一个很有趣的插曲，王宗元的儿子王岗在他和姐弟们编撰的《王宗元纪念文集》里，有这么一段文字："……不断有人问我，王宗仁是父亲的弟弟吗？更有粗心的人对我说：'最近又看到你父亲的作品了，还是写高原、风雪、青藏'……"看来，我和王宗元之间这种撕不断的情感，保不准还会持续下去。我应该像呵护我们的孩子一样，珍惜我和王宗元作品产生的这种无处不在的光芒！

王宗元再也回不到魂牵梦绕的柴达木那个诞生《昆仑山上一棵草》

的不冻泉了。值得庆幸的是，那棵草永远地留下来了，长在人们的心中，如同那本《柴达木手记》一样，蓬勃苍翠，长生不老。随后，我多次重返柴达木，站在这棵草前哀悼、瞻望。这块生长不老草的土地怎能不深刻呢？李若冰、王宗元的体温散不尽，他们的精神支撑着它。当然，我还不能不提及另一个为柴达木献出毕生精力和智慧的作家——肖复华……

肖复华是著名作家、《人民文学》前副主编肖复兴的弟弟。兄弟俩曾经联手创作了颂扬柴达木石油工人生活的报告文学，受到读者的极大喜爱。2013年，青海省海西州政协编撰的《柴达木文史丛书》（30本），收入了肖氏兄弟各一本作品：《柴达木作证》《他的名字叫青海》。哥哥肖复兴是著名作家，大家都熟悉。弟弟肖复华是从柴达木油田走出来的工人作家。他十七岁时在北京自愿报名来柴达木油田，先后当过修井工、生产调度、记者、编辑、青海石油文联副主席。从十七岁走进柴达木油田到他六十一岁离开人世，四十四年的漫长岁月，他的世界就是石油世界，骨子里全是石油，一字字写醉了情，一字字写碎了心。他已经离不开柴达木了，柴达木也离不开他了。2011年，他在病榻前嘱咐妻子，一定要把他的骨灰送回柴达木。当年清明节，肖复兴和肖复华的妻子及孩子，一起送复华回到了柴达木……

肖复兴告诉我们，复华在病榻前说送他的骨灰回柴达木时，虽然已是生命的最后时刻，但那口气却很清晰、轻松，好像说着明天或别人的事。

生死不是一切，在生死之外，阳光下还绵亘存在着广阔的领域。柴达木又落雪了，天空一阵一阵丢失它应有的色彩，却反而加重了苍茫。

千回百转的柴达木河最终还是要流向大海。我的笔锋不经意转回到李若冰，结束此文。2004年4月13日，早年在《延河》编辑部工作编发过我的作品、我却一直不知道她是李若冰夫人的贺抒玉，给我写信，随后寄来四卷本《李若冰文集》。她的信全文如下：

王宗仁同志：

  你好！

  本该早点寄书给你，没想到出了点意外事故。若冰3月26日因摔倒不幸引起左肩骨折，疼痛难忍，起坐行动不便。去医院换了多次中医，最近略有好转。一两日内可将书寄你。

  我从《延河》筹备创刊一直到离休，曾多次发过你的作品。你现在仍然在创作上不断有新作面世，精力如此旺盛，真令人敬慕！

  祝

  笔体双健！

贺抒玉代笔

2004年4月13日

太阳里的藏羚羊

还没走进冬天,这里就大雪盈门,飞雪淹没了公路上的车轮和整个冬季。

太阳依旧高照。即使在这寒风呼啸的日子里,太阳也张开翅膀,光芒雄起,盛气凌人地将压不垮的誓言写上昆仑之巅。几只大鹰远去了,高原的天空还在飞翔。无数的过山人仰头享受着这苍凉凄美的冬景。

曾经上百次跨越世界屋脊的我,竟然没有目睹过太阳是怎么从白雪皑皑的昆仑山上爬出来的。而每个清晨肯定是昆仑山最纯净的一个钟点。这个遗憾使我那辉煌的高原经历黯然失色。

登上昆仑山赏心悦目地看一回日出,成了我久蓄心头的愿望。后来擦肩而过地失去两次看日出的机会,更强化了我这种愿望。一次大雪飞飘,太阳忸忸怩怩地不肯露面。另一次我从格尔木乘车已经奔上了去昆仑山的路,不料途中汽车意外抛锚,延误了时间。

那个夏日,我铆足劲要把昆仑日出的壮丽景象揽进我的怀里。

我早早地就住在了格尔木城里,一边采访,一边等待好天气,随时准备上山。那些日子格尔木碧空如洗,炎阳喷火,可是百余公里外的昆仑山却被风雪缠搅得天昏地暗。我耐心地等待着云破日出。一天傍晚,当我从气象站得知昆仑山第二天是个难得的晴朗天时,兴奋得立即放下手头的事情,出门就拦了辆便车,赶往山中。

那一天，我在昆仑山中的兵站里度过了一个漫长而焦急的夜晚，就是为了早一刻看到日出。这阵子，我已经站在了战友们为我选定的看日出的最佳山头上——这一天，我肯定是昆仑山中醒得最早的人。仍然是等待。月色清淡，山野空寂，天地间灰蒙蒙的，没有一丝曙缝，也没有一份古典的温馨气氛。我感到整个昆仑山峰都匍匐在我的脚下，缄口不言地与我一起等待着让人激动的时辰到来。

一步之遥的企盼往往更使人心焦。

我听到了自己难以按捺的心跳。按说，从未见过日出昆仑情景的我，这会儿应以丰富的想象去描绘它。但是，我丝毫不敢走神，什么都不去想，浑身的每一根神经都拴在了即将升起的那轮红日上，两只眼睛像摁钉一样死死地盯着东边天空上的某个地方。我知道只是在一眨眼的瞬间，那儿就会启开一道薄薄的红唇，太阳出场了，新的一天开始了！是的，我实在太渴望看到新的一天是怎样在昆仑山开始的。我甚至产生了这样不切实际的想法：将手伸进昆仑山深层，托出那轮也许还没睡醒的太阳。

我倾听太阳的声音。我相信它正走在来昆仑山的路上，踏着坚冰，心急脚慢地走着。天地如此之硬，路途如此之远。赶路的太阳一定会生出如刀般的双翼，划破坚冰冻雪，在坎坎坷坷的路上穿行，离我越来越近。它每天在昆仑山都走一样的路，这路很短，又很长，永远都走不完！

太阳在考验我的耐心。我坚守着信念。

我继续倾耳细听日出的声音。

太阳的脚步声越来越近，悬在山梁上的月亮忽然寒凉起来。我的意识里立即有了一种感觉：坚冰解冻了，雪山复活了，太阳要出山了！

很快，东边山巅飘来微乎其微的光缕，渐大，渐亮。微光扩散，速度仿佛很慢。我那长满渴望的心像一片未开垦的处女地，恭候着太阳的抚摸。昆仑山的第一缕曙光分明是在不经意之间就这样涂上了天庭。

接下来的情景就是我事先无论如何都无法想象得到的(根本不允许我看清楚是怎么回事):只见一轮鲜丽的血红色金盆悄悄从两座山峰之间的凹陷处跃了出来。它跃得实在精巧、艺术,好像有一位高人用绳子在上面抖了一下,就被抖了出来。我看到,刚出山的太阳似乎还湿淋淋的,嘀嗒着水珠。它是从大海里捞出来的吧!过去,我读到一些文学作品里描写海上或山中日出的情景,总是说太阳以极其快捷甚至迅雷不及掩耳的速度升腾。其实,全然不是这么回事,起码昆仑山不是这样。它在露出了脸以后,升腾的速度便突然放慢了,不知是什么原因。在我的感觉里,它如同蠕动的蜗牛,在没有乌云却显得灰暗的天际爬行。它好像是扛着大山行走,才走得这么悠然、缓慢。映衬它的背景是逐渐发青变亮的天幕。天幕上由小到大地显示出了荒丘、山峰,甚至连山坡上一棵草的影子也看清了。

我想,随着这昆仑草的出现,大概就标志着昆仑山新的一天开始了!

金盆红日跃出了山峰,又从山峰上跃向了浩浩蓝天。此时,瓦蓝瓦蓝的天空镶着已经褪去橘红色中的红色、呈纯蛋黄状的太阳……太阳并无刺眼的光芒,纯正而圆润,犹如一个偌大的铜盘,清晰透亮!不久,它就生发出白炽的射线,蛋黄色也渐为淡化。

紧接着,太阳便悄悄地钻进了一层薄薄的玻璃般的红云中,仍裸露着,像一圈暗红的月亮。这美丽而丰满的太阳的身子,多像即将分娩的枣红马的腹部。这是我始终认为人间最圣洁的一块净地!昆仑山新的一天就要从这儿孵出。

山中斜放着一捆捆被割倒的阳光,显得温柔而多情。

与我同行的兵站参谋小刘这时惊叫一声:"你瞧,多美呀,大山成了金色海洋!"

我一看,只见起起伏伏的峰峦被旭日映照得银光鲜亮,好似大海那奔腾不息的波涛。刚刚抖落了黑暗碎片,终年积雪不化的昆仑山玉虚峰，此时披上了绝对堪称一流的银色玉袍。我再一看小刘，他全身披挂着粼粼银光闪烁的盛装，真像一位穿着铠甲的将军。其实，我自己亦如此。我在数十年间上百次跨越青藏高原，只有在这个晨曦四射的早晨才真正认识了日出的美丽、壮观！

太阳升得越高，便越来越广阔地照着雪山。我只要一伸手，就能抓住一大把碎银。

昆仑山成了沸腾的海洋。但是，大地却很安详。

又是小刘发现了新情况：太阳升起来后，在山脊线与太阳之间的湛蓝天幕上，猛地显出一个影子。人？还是藏羚羊或其他动物？一时难以辨认。

我俩远眺许久，也无法判定那影子的所属。它处于静态时，确实像个站立的人；而它移动时，又活活的似一只藏羚羊。它走呀走呀，走进了太阳里，又走出了太阳……突然，它急转掉头，仓皇而逃，又回到了太阳里，静静地卧于太阳一隅。

小刘说："藏羚羊受惊了，要不为啥躲进了太阳宫？"

我说："你怎见得躲藏在太阳里的就是藏羚羊？它不过是神奇的幻影罢了！"

小刘说："不，那就是猎人了。他也该东藏西躲寻找安全的地方呢！"

我无语。小刘也不再说什么了。

我俩站在晨曦里，紧闭双眼，深深地呼吸着昆仑山清晨这带着日出的清新而湿润的空气。我们享受着昆仑山日出的幸福。

太阳从我们的肩上徐徐升起。

野马嘴里有清泉

跋涉在青藏高原上,你最希望看到蓝天上的太阳。阳光给雪山、冰河、草地铺一层柔软的锦缎,让你找不着季节的地段,分不清阴山和阳坡,满眼的灿烂!可是有一个地方例外:走在沙漠里,你最怕的是悬挂头顶的太阳。

那天,我和作家王鹏随一支测绘队到柴达木盆地深处,去完成一次采访任务。正是盛夏的中午,天空无语,只有太阳像一盆燃旺的炭火,爆烤得每颗沙粒都在狂跳,甚至发出吱吱的脆响声。沙漠里找不到一丝绿容,连耐旱的骆驼草也失去了往日那不屈不挠的光泽。望不到边的沙漠像一口烧红的铁锅,仿佛可以把人蒸熟。我们被烈日烤得脊背流油,喉咙冒烟,口渴得要命。一壶水倒进嘴里,根本不管用,谁都巴不得有一条河或一眼泉出现在面前,美美地喝它个饱。大多数人的水壶干得可以当锣鼓了。同志们忍着干渴赶路,每隔一会儿,便有人举起水壶摇一摇,让大家听听壶底那一点点水稀里哗啦的响声,进行一番"精神安慰"。可是,这能解决什么问题呢!大家的嘴唇干得像撒了一层盐粉,上面裂开了一道道细缝,渗着丝丝血迹。

哪里有水,水在哪里呢?

和我们一起进沙漠的蒙古族老人巴图,是个"老高原",别人都急得像热锅上的蚂蚁,他呢,没事一样,不紧不慢地说:"咱们找向导吧,它会把我们带到泉边去的。"

"向导？谁呀？"我发问。

"它终年在沙漠里生活，能不知道哪里有水吗？"

"可是他到底是谁呀，您认识吗？"

巴图大爷捻了捻胡子，又松开手，说："是野马。"

我们一听泄气了。野马，我当然见过，它不比一般的马大多少，但奔跑起来飞快，像一辆小汽车。

"野马能当向导么？"

"怎么不能？"巴图大爷认真地说，"野马离开水能活吗？哪里有野马，那里必定有水。"他停了停，又说："碰不上野马，能见到野牦牛、野驴或藏羚羊也行呀。它们都能给我们帮忙。野马嘴里有清泉！"

说得有理。于是，我们十多个人散开去找"向导"。沙丘连绵起伏，热气在晃晃悠悠地升腾着，漠风在不停地扑面而来，我们跑了不少地方，连一片草叶也没有，哪里会有野生动物？

"性急的人总是翻不过雪山的。耐着性子吧，雪莲花是属于爱花的人！"喜欢唱民歌的巴图大爷像在念歌词。

大家轮流抿了一口水壶底那点儿水，一边在沙海里勘测，一边继续找着野马。

终于，我们看见前面的洼地有一群黑影在晃动。大家像看到了希望，加快步子走去。看清了：细腿、短尾、粗脖子、鬃毛特别长……啊，是野马！它们正扎着头喝水哩。像一幅油画，一幅又一幅，丰沛在干渴的沙漠上。大家似乎听见了咕噜的喝水声，多么诱人的声音呀！还有一只叫不上名字的鸟站在一匹马的背上，它好自在！

野马发现了我们，长嘶一声，一撂蹄子，没影儿了。那只鸟飞向了天空。

我们立即去追。可是，每个人都是疲劳加干渴，腿脚没有一点儿劲了。"同志们追呀，要得到前面的清泉水，只能靠我们自己！"巴图大爷傲然像一位将军，下了命令。说也怪，我们浑身忽地长出一股气力，跑步追了上去。野马没追上，却在它们刚才停留的地方发现一池清凌凌的水。池子很小，只有洗衣盆那么大。水池周围，那湿漉漉的泥土上，长着丛丛小草，还开放着朵朵小花，美极了。真想不到，茫茫沙漠里还有这么一个"世外桃源"，有水，有草，有花。水池边上留着各种形状的蹄印，显然那些野马等野生动物常来这里喝水。

我们的心儿早就润滋滋的了。我却有点儿舍不得张开口喝这水了，便用手指蘸了一滴水，滴溜溜转亮晶晶的一滴水。巴图老人嘹亮地喊了一声："开始！"大家便同时趴在地上，将嘴伸进水池——瞧，这个喝水法，够"野"了吧！

喝足水以后，我们在一起合计了一下，给这个泉起了个名字：望柳池。

我们都希望在不久的将来，这儿柳树成荫，鸟语花香。之后，我们又把轻便帐篷撑起来，这儿就成了测绘队的大本营——供水站。

可喜的是，当我们告别"望柳池"继续往沙漠深处跋涉后，在别处一群野马的带领下，又找到了一眼泉水，大家给它起名叫"珍珠水"，它成了我们的第二个供水站。

有野马这样的好向导，我们在戈壁滩工作就不愁没水喝了！

一棵胡杨两样叶

日前，我接到高原战友杨掌才的长途电话，他告诉我，近日他又去了一趟昆仑胡杨林，那几棵长着两样叶的胡杨树，终于结束了它们奇特的经历，从上到下都长成了一种叶子——柳树叶。听罢掌才的通报，我心中当然释放了一个疑团，却是既有收获又怅然若失，滋生诸多感慨：生活中纵有再多千奇百怪的事情，最终总有答案，但是在我们前行的路上，会有多少疑团还养在深闺！

时光倒流，那是十八年前的一次胡杨林之行。

格尔木河在昆仑山下的戈壁滩上拐了一个近乎"C"字形的大弯之后，又甩胳膊展腿地向茫茫荒野奔腾而去。正是在"C"字的中间，不知什么时候长起了一片胡杨树。日积月累的流沙把胡杨树拥挤得越来越高，渐渐形成了一座沙子山。山上的胡杨树虽然离河水远了，但仍然顽强地生长着。胡杨有一种向上攀援的巨大力量！

沙山上的胡杨树成为昆仑山下的一道风景，大约是在20世纪90年代初期。那时，最早一代的胡杨绝大部分已经成为枯硬的树干，却没死去，仍硬如铁石似的撑在漠风中。突然有一天，枯硬的树干上齐刷刷地爆出了一片又一片嫩芽，人们无不惊讶于胡杨死而复生的顽强生命力。我就是在这时候和李海乾大校来到胡杨林看景致的。大校是昆仑山驻军的领导，对此处的地形地物了如指掌。他把我引到一片杂草丛生的沙坎上，这里蓬勃生长着一片胡杨树，每棵树并不粗，好像经过挑选一般，一律手腕样壮实，树冠呈伞状。奇怪的是，这些树都是两种叶子。树朵的上半部为杨树叶子，下半部有一部分叶子像柳树的叶子。一树长两叶，实属罕见。如果你不仔细辨认，会以为是柳抱杨呢，两个不同的树种纠缠在了一起。

我问大校："青藏高原别的地方还有胡杨树吗？"他说："我至今还没有发现，也许会有吧，但肯定不多。"

我坦率地告诉大校："我无法理解这种一树两叶的现象，你能告诉我答案吗？"他笑笑，说："我今天请你来胡杨林，就是想向你请教的。"我无可奈何地摇摇头，他也很困惑地笑笑。在这奇特的胡杨树面前，我俩都有许多话想说，但此刻却无话可言。

我带着疑虑回到格尔木我暂时栖身的部队招待所，无心写作，一树两叶的胡杨树占据着我的心。

我请教了在青藏军营服兵役二十多年的一位老军人，他的回答是："这种树我没见过，但听说过。我认为是缺氧造成的。"我问："缺氧？为什么上半部的叶子没变？"他答："这就叫局部缺氧。"他讲的有道理，但我觉得还不能完全让我心服口服。格尔木市望柳庄的白杨树和柳树就不缺氧吗？可是它们并没变异。

我又请教了一位先在格尔木某中学教植物学、后来改行搞水文工作的大学生，他说："生长在青藏高原上的许多树种其实都在变态，只不过这种变态的进程很缓慢，十年、二十年，甚至更长的时间。你现在看到的这种胡杨树肯定是正在变的过程中，若干年后，说不定它们的叶子都变成柳树那样了！"他停了片刻，又说，"这里树木变态的原因，除了缺氧外，还有气候、土质、水分等因素的影响。我要说的另外的话题是，那些不变的树种，正是因为它们适应了这里的环境。"

他的回答不能说没有道理，但是，我还想再听听更多人的意见。于是，我去问一位在格尔木深入生活的作家，他并没有回答我的提问，只是给我背诵了两句古文：橘生淮南则为橘，生于淮北则为枳。

……

为追寻几棵胡杨树变态的根由，我得到了多种答案。自然我很珍惜这些答案。但是尤其使我受益的是，那些延伸在胡杨树之外的我们可以联想到的答案。比如生活在高原恶劣环境中的军人、知识分子，还有那些正在成长中的昆仑幼儿园的孩子，虽然他们的肤色被高原风雪浸染得黑红如铁，但他们始终坚守着脚下的土地，忠诚的红心不变。

我想，我应该再回一次昆仑山，去看看那些正在变态中的以及永远不会变的胡杨树，必然会有新的收获……

长在树上的国旗

汽车在唐古拉山北侧的一个洼地里抛锚后，我鼓捣了近三个小时也没有排除故障。这时天近暮晚，四周山峰上终年不化的积雪涂上了一层绚丽的晚霞，天地间罩着一天中最后的灿烂。我这才很不情愿地从汽车底盘下钻出来，搓掉了两手的油腻。我看到山根下的某一个角落，耸立着两尊雕塑般未归去的野牦牛，沉隐、厚重，如同一幅油画。

我对还趴在引擎上苦苦修车的助手昝义成说："别折腾了，省些力气今晚当山大王吧！"

当山大王，是指我们汽车兵遇上车子抛锚，在荒原野岭守山看车，忍饥挨饿受冻，这是很苦涩的差事。听我这么说，小昝笑着回敬我："今晚还真轮不到我们当山大王，你没看我们到了什么地方？"

我顺着小昝指的方向望去，不足百米处的路边，类似小方桌一样的石头堆上，端端地放着一个铁皮暖水瓶。啊，格桑旺姆阿妈的拥军爱民茶水站！汽车抛锚后，我只是急头巴脑地顾着修车，竟然没有留意到了什么地方！格桑旺姆阿妈，一提到她的名字，高原军人滚烫的心就仿佛回到了故乡！这时，我再抬头望了望稍远处的山坡下，一棵不算很高的白杨树举着一面红旗，卷着高原的风一声高过一声地飘荡着。对于来往唐古拉山的人，特别是军车的司机们而言，那面红旗是插在他们心中的锁眼上的呀！就在红旗的后面，阳光充足的山洼里，有一顶黑色的牦牛绳编织的帐篷，那是阿妈的家。心不在这，肯定在那。阿妈的帐篷不仅能歇身，更是心灵的安歇之处。我们在高原跑车，千里万里，阿妈无处不在，好似从未离开。

我几个小时忍饥耐渴只顾修车，此刻口干舌燥，接过小昝递来的一杯酥油茶，一仰脖子，满口生津，每个毛细孔都充满了甘露。我知道，总有不少路人不忍心在阿妈的帐篷里落脚投宿，端起酥油茶只是抿一口，浑身上下便充满了力量。真的，那个小小的铁皮暖瓶强壮了多少高原军人山峦般的筋骨，滋润了他们儿女情长的胸怀。白杨树上的五星红旗，还有那顶留下岁月厚茧的小小帐篷——这里像家，这才是与时间共存的、真实的家，它曾经也必将在未来漫长的日子里，深刻地影响一代又一代高原人的精神世界。

往事引我回望，那是故事的起点……

从山中延伸至公路边的那条并无野草掩盖、只有砂石蹭脚的崎岖小路上，一老一少两位藏家妇女背着一大一小两个酥油桶，心急腿慢地匆匆而来。格桑旺姆和她的女儿卓玛每天都会数次往返于这条路。公路边终年厚积着冻雪冰碴，然而却坦露出一块光溜溜的地面，那就是母女俩放置酥油桶及她们容身的露天茶水站。当然，有时候遇上风雪天，或是盛夏烈日的曝晒，她们的头顶也会撑起一把伞，那是汽车兵心疼母女俩，留下来的一块无风无雨的天地。过后，她们总会千寻万找地把伞捎给主人。有什么办法呢，领了情绝不欠债，她们祖辈都是从风风雨雨中走出走进的硬硬朗朗的实诚人！

公路在茶水站旁突然变得平缓，前面不远处便是下山的陡坡了。司机们总是会在这里停车检查一下车辆，尤其要看看刹车灵不灵，才能放心下山。这也是母女俩将茶水站设在此处的因由。一杯酥油茶，甚或一杯白开水，都会让人品味到人间的温馨，大大缩短人与人之间的距离。

这么多年来，子弟兵给边疆的亲人创造着安宁幸福的生活，格桑旺姆和女儿每送别一个挥着手向她们告别的亲人,心里就像植入了子弟兵军帽上那颗鲜亮的红五星,亮堂堂的。有的战士得了高山反应,她们还会把他们领进自己的帐篷,熬中药、按摩。进家时的紧张、忧虑,最后变为分别时的不舍、祝愿。海枯石也不烂。茫茫人海中,藏家母女和这些生龙活虎的兵们仿佛注定邂逅,依依惜别,将所有的祝福都深藏在时光的深处。

格桑旺姆记得很清楚,那是藏历年的清晨,阳光少有的丰沛,她家的院子、水缸以及帐篷前的草场,一切都显得格外宁静、美好,汽车连的那位沈连长带着两个兵,把一面国旗送到了她和女儿手中。连长对她们说:"高原上有战士的家,家中有亲人。战士和牧民都是国家的好儿女。"随后,两个战士在帐篷前挖了个坑,将他们带来的一根木杆栽下,足有十米高。于是,那面国旗就神采飞扬地飘在了木杆顶端。

太阳照在国旗上,国旗闪射出光亮,照在藏家母女的脸上,照在她们每天跋涉的那条山路上——不是一家一户,散落在周围的许多牧民都赤裸着心灵迎着光亮。母女俩瞬间感觉到,生活了多年的这个帐篷成了世界屋脊上的中心,脚下的草原和紧挨着帐篷的那片湖水,成了她们新的出发地。

奇迹发生在第二年夏天。那根旗杆原本是战士们从昆仑山中的纳赤台兵站挖来的一棵正在蓬勃生长的白杨树,他们的初心当然渴望这棵移栽的树能够成活,但是说句掏心窝的话,这只是可望而不可即的事,不是有句话,"树挪死,人挪活"吗?何况是把一棵好不容易在海拔三千米的地方成活的树,移到海拔五千多米的雪山上,想成活?太难太难了!然而,天意遂人愿,白杨树旗杆在格桑旺姆摇着转经筒默念着"六字真言"的诵经声中,在卓玛勤快的浇水施肥中,居然抽出了嫩芽,一瓣、两瓣、三瓣……抽出了春天!好个有生命力的白杨树旗杆!霎时,整个唐古拉山都变得鲜亮鲜活起来!

国旗长在树上，树根深深扎入大地。杨树之根亦是国旗之根、人心之根。这不是一种艺术表达，而是军人对边疆藏族同胞的满腔热爱，是祖国对边疆的深情信赖！它传达出一种无与伦比的美妙！

清晨，格桑旺姆母女俩升起国旗，傍晚，她们并不降下国旗，而是在旗杆顶端挂一盏马灯，让灯光映亮红旗。随风飘扬的红旗，猎猎吹起号角，猎猎发出呼喊，拂动了公路上奔忙的各路目光，把他们招引过来——人们肯定不是为了一杯酥油茶，而是要把藏家母女用激情和生命点燃的信仰，把这些美丽的故事珍藏起来，诉说给世界。

二道沟的月亮滩

我常常记着二道沟那个地方。那里没设村也没建镇，只是长江源头的一片荒野。但是二道沟住着三户人家：十个战士的兵站，五个养路工人的道班，还有一户游牧而来的藏族同胞。二道沟的寒冷是出了名的，隆冬的最低气温可降到零下三十二摄氏度。可是在最冷的季节，我把它揣在怀里，会一直走进唐古拉山的最深处。那是因为二道沟有一个美丽的故事，战士是故事的主人公，还与泉水和月亮有关。

那已经是很久以前的事了。追歼残余土匪的一名解放军战士，跋涉至二道沟时，饥渴难耐，求助无门之际，突然看到一眼泉水，便爬到泉水边痛饮不止。他极度疲累，浑身乏力，正饮水时一头栽进泉里就再没起来。数天后战友和牧人们发现他时，他的身体已经与泉水冻结为一体，唯有两条腿直挺挺地露在冰面上，好像路标矗立荒原。这路标给跋涉者指示方位，输送力量。

军民砸开冰面，含泪撩起清澈的泉水给这位无名无姓无籍贯的战士洗涤遗体，然后就地掩埋。墓地距泉边百十米，一块木板做墓碑，上写"神泉之墓"。"神泉"既是对无名墓的尊敬，又寄托了对泉水的深情。

从此，二道沟就有了一眼神泉。说它神，是因为有人亲眼所见，一天夜里，一轮金黄金黄的圆月从泉里升起，将月辉洒遍二道沟。拂晓，人们又眼睁睁地看着那月亮坠入泉底，消失了。传说归传说，但二道沟的泉月值得观赏品味,吸引了不少游人,这是不争的事实。

到二道沟赏月,是我向往已久的心愿。我虽然数十次跋涉世界屋脊,但是每次到二道沟都是飞车而过,留下了深深的遗憾。那年夏日的一夜,我在去拉萨的途中特地投宿二道沟,为的是赏月,也是为缅怀那位葬身在神泉旁的无名战友。让那泉中月色醉我心扉,让那亡友的情怀壮我筋骨。

这夜留在二道沟赏月的游人,少说也有二三十个,他们都像我一样,在未看到泉月之前,心里已经揣上了那个美丽的传说。

月亮还没有爬上山垭。

旷野的夜,黢黑如漆。整个青藏高原被静谧和神秘笼罩着。唯有点缀在黑绒般夜幕上的星花闪闪烁烁,伸手可得,使人觉得它们仿佛就在地上,天地浑然一体了。月亮在十点后才能从山巅升起,爬进神泉。可是游人们都等不及了,早早地站在泉边等候,好像那月儿隐藏在泉水中,巴不得用双手把它捞起来。

夜,寂静如海底。偶尔从青藏公路上驶过一辆汽车,连那轮胎擦地的声响都听得一清二楚。汽车渐渐远去,夜显得更加幽静。

月亮是在一瞬间出现在泉中的。不知是哪位女高音喊道:"来了!来了!月亮回来了!"可不是回来了吗?月亮每晚都卧进这泉里过夜。不管它走得多远,就是到了地球那边,还是会回来的。神泉是它的家呀!

天黑得看不见赏月人脸上的表情,但是从现场悄然肃穆的气氛里可以想象得出,每个人的眼睛肯定瞪得像小雀蛋那么大,像我一样凝全力倾尽其情看泉水中的月亮:那月亮绝对不是淹没在泉底,而是游离于水中,凸现于水面。水只是个载体,它像生着腿似的站在水上。绵绵的满是柔意,鲜鲜的如蛋黄脆嫩。我甚至透过月亮看到了泉底那颗颗圆润的鹅卵石。月亮还在移动着,朝上移动,离我们越来越近,连月中飞舞着的嫦娥都看得那么真切。往日我们抬头望月，总觉得天是那么高远，月是那么可望而不可即。眼下月亮分明就被我们抱在怀中，举手能触摸，甚至张口就能咬下一块月片。

就在这当儿，又有人喊道："快来！快来！这里遍地都是月亮！"

我循声而去，兵站后面的荒滩上已经拥了不少人，都在赏月。原来战士们平日在滩上挖下一排排坑，草皮碎石粘砌，固若水泥。然后将这些坑糖葫芦似的串起来，引来泉水。在月照高原的夜里，每个水坑里都装着一个月亮。有多少坑就会有多少月亮，这荒滩也就取名"月亮滩"了。

我问一战士："荒郊野地的二道沟，为何要引来这么多月亮？"

战士答："那位无名的战友躺在神泉下已经三十多年了，一定很寂寞。有这么多的月亮陪他，他才能感受到人世间的温暖！"

我许久无语，只是看着水面上那显得越来越大的月亮，心情很沉重……

可可西里有这样一只狐狸

几栋素雅、白亮的房子，静静地安坐在可可西里荒原上，使这亘古山野显得格外耀眼、高尚。这就是索南达杰自然保护站。

索南达杰这位为保护藏羚羊与盗猎分子搏斗时英勇献身的县委书记，成了世界屋脊上的一座丰碑，让人敬慕。以他的名字命名的白房子，是雪域高原新诞生的人文景观。

英雄的鲜血唤醒了多少沉睡的人。这些年来，数以千计的志愿者从全国各地来到遥远的可可西里，捐款赠物，用真心和爱意建起了保护站。他们轮流驻守白房子，义务巡山，含辛茹苦地甘当藏羚羊的保护神。

大家的视线越来越多地被吸引到了这几栋白房子上。凡是穿越可可西里的游人，大都会停车走进保护站，悼念索南达杰，聆听他的故事，体验志愿者的艰辛。

就在这时候，有一只狐狸成了保护站的常客。不知从哪一天开始，它打深山里走出来，站在离白房子百米远的坡梁上，笑容可掬地望着出出进进的志愿者。

真的，这是一只会笑的狐狸，而且笑得很生动。唯其生动，才迷惑人。

那个霞光四射的早晨，保护站小杨最先发现了那只狐狸，他惊喜万状地喊了一声："快来看，有客人到！"也许长期生活在内地的人，无法理解这些身居偏远地区的人的那份孤独、寂寞难耐的心情，从日出到月升，他们难得见到一个人影。现在大家听见小杨喊客人到，自然喜形于色，都争先恐后地跑出来看稀客。

结果，他们失望了。哪里是什么客人，只有一只狐狸拖着尾巴在坡梁上散步。不过谁也没有抱怨小杨的大惊小怪，来只狐狸也好嘛，单调的生活中可以多一点情趣。

灿烂的霞光给狐狸的浑身镀上了一层熠熠彩光，使它美丽得楚楚动人。有人开始逗狐狸了，又是口哨又是手势。起初，狐狸无动于衷，只是用敌意的目光瞅着人们。

次日，那只狐狸又来到了那个地方。当巡山归来的志愿者又向它逗乐时，它目光的敌意消失了，换上了和善的笑容。它笑时眼睛眯着，嘴张着，尾巴在轻轻地摆动。

"看，狐狸笑了！"几个年轻人高兴得手舞足蹈。

狐狸给人发笑，这绝对是个新鲜事。真的好新鲜！死气沉沉的可可西里缺少的就是新鲜。没有新鲜的食品，没有新鲜的草芽，没有新鲜的泉水，没有新鲜的笑容。现在志愿者找到了乐——狐狸给人发笑。这一天他们乐得好开心，几乎每个人都逗了那只狐狸，谁逗它，它就对谁笑。

天黑了，夜幕渐浓。坡梁上的狐狸回家了，奔波了一天的志愿者这才回到了白房子。这晚他们舒舒坦坦地睡觉，甜甜美美地做梦。

第二天巡山回来，志愿者又看到了那只狐狸，还在老地方。这回还没等人们逗它，它就主动地送来了笑。不但笑，还带着作揖的动作。太好玩了，狐狸的笑，换来了大家的笑。

此后，每当志愿者巡山回来，那只狐狸准会在老地方迎候他们。有些好心的队员还给它扔去一小块剩肉，它也不客气，逮住就吃，边吃边笑。

时间长了，一切都习以为常，但新鲜感依然还在。狐狸风雨不避天天来，大家天天看着它笑。人们乐得尽兴，狐狸也笑得舒展。人和狐狸互依互存，似乎双方难以分离。

这天上午，一辆汽车给保护站运来了足够吃半个月的食品：大米、白面、肉类、蔬菜……

让人痛心的事就发生在这一天。志愿者巡山回来时，发现屋里遭到盗窃，所有的肉：猪肉、羊肉、牛肉，全都不翼而飞，只留下满地骨头，狼藉一片。

门仍然上着锁，窗户大开……

大家如梦初醒，都不约而同地想到了狐狸，那只会笑的狐狸。没错，是它！肯定是它！

不过，不是一只，而是来了一群狐狸。

会笑的狐狸，狡猾的狐狸，奸诈的狐狸！

不去说狐狸了，那是它的本性，永远也改不了的本性。小杨的话发人深思，因为他从狐狸说到了人。"我们被它的笑捉弄了！从它第一次向我们笑时就揣上了鬼胎。它之所以狡猾，它之所以聪明，是因为我们糊涂。"

盛夏到可可西里拥抱冬天

我无论如何也不会想到,车子一驶进可可西里,迎头就遇上了一场大雪。瞬间,天地一片白茫茫难辨方向。风挡玻璃上积满了雪,雨刮器不知比平日勤快了多少倍,加速刷洗着也打扫不出一块清亮的空间。汽车原地抛锚,待命。好在翻过前面那座山梁,不远处就是兵站,车队会派人联系食宿事宜。这样,我就有了一次难得的坐在驾驶室里观赏雪景的机会。

夏天落雪毕竟有别于严冬,让人感觉那风是弯的、雪是软的,爽润多于寒酷。停车不久,强势的风就偃旗息鼓了,荒原变得静悄悄的,一片洁白。绵白一览无余地呈现在眼前,这是我今生最喜欢的色彩了。我浑身的筋骨都彻底地放松了。那该是楚玛尔河吧?它以一条深绿色的激流,将雪原切成两半,一半是雪原,另一半还是雪原。低矮的天空下,雪把可可西里装点得肥肥胖胖,层次不鲜明了,却有一种情真意切的感觉。

我的目光从楚玛尔河畔挪开,扫到了稍远一点的雪原上。我看到一群群自得安闲的藏羚羊、野驴、野牦牛,正怡然地低头啃吃着野草。竟然有只大胆的野雀啄在野牦牛背上,两相安然无惊。大自然的和谐在可可西里演绎得天衣无缝,好个精彩!

我有数十次穿越可可西里的经历,这使许多人羡慕不已。平日我所看到的那些杂乱无章的坑呀、坎呀，还有那些惹人扎眼的废纸乱布、破盒烂瓶，都被这场突降的厚雪重新整理，显出简洁美奂的韵致。我隐约记得就在距离我们停车点不远的坡上，有一间小屋的遗址。残垣断壁，破窗烂门，地角处结着岁月的黑痂。对此有二说：一说是当年修公路的人住的地窝子，二说是五十年前地质队员留下的遗址。我无法判断它的主人是谁，可每次经过可可西里，我都会情不自禁地留步遗址前瞻望许久。风早把这儿的最后一缕热气吹冷，我还要寻什么？我想，曾经创造历史的人虽然走了，他们留下的小屋也荒芜得空旷、寂寞，但是，小屋仍然装着满满的故事——已经发生的故事，正在发生着的故事。

鬼使神差，我竟然不由自主地跳下驾驶室，向雪原走去。我不知道要去哪里，也不知道我脚下是否走在路上。因为雪把整个可可西里覆盖得纹丝不露，所有的路都消失得踪影全无。但是，我仍然有一种回家的感觉，仿佛走在回家的路上，披着雪花去见母亲。想起了母亲曾给我搓冻得红扑扑的手背，想起了母亲傍门而立看着我堆起一个个雪人，想起了母亲坟头的苍白……满天飘飞的雪花落在衣服上，使我变得肥肥白白的。我伸手掸去积雪，衣服仍是干的，只有几滴浅浅的水印留着，瞬间即逝。

在雪地里转了几圈，还没有看到那个小屋的遗址。这时我仿佛才明白我下车是来找小屋的。

喔！小屋，魂牵梦绕的小屋。

后来，当我终于站在小屋的遗址上时，我真的后悔不该踏破雪层找到它。奇怪的是，那遗址却没有完全被积雪掩盖，露出斑斑驳驳的地面。就在一处避风的旮旯里，躺着一只已经死去的幼小藏羚羊。僵直的尸体上附着一块块分不清是雪还是冰的混合物，脏污的毛发在冷风中支棱着。藏羚羊的双眼很不甘心地圆睁着……

我的心沉重起来。

看得出这是一个哺育期的幼小生命。许是找不着回家的路迷失了方向，许是在突然而至的寒雪袭来时到这儿来躲避，许是惨遭黑心的盗贼伤害……又一个可爱的生命从它们蓬勃的队伍里走出，结束在这个死灰般的遗址上。这个时候我的脚步再也不能轻盈了，我只有删去梦中那些对小屋的怀恋，掏出手绢轻轻盖住了那双不甘心闭合的眼睛。

六月雪，猛猛地下着，风也大了起来。

青藏线（节选）

修筑青藏公路之前，慕生忠曾两次进藏。

第一次进藏前，他特地照了一张相片，分送给几位要好的战友："如果我死在那个地方了，这就是永久的留念！"

第二次进藏时，他没有照相，他没有死去的打算。他说："我不能死。我要好好地活着，给西藏运粮，大家等着吃我运的粮食呢！"

——题记

第一次进藏：1951年8月到12月

这年初夏，西南军区第十八军在张国华、谭冠三的率领下，从四川进藏。

1951年5月23日，中央人民政府全权代表和西藏地方政府全权代表于北京签订了《关于和平解放西藏办法的协议》。就在这时候，党中央决定组建西北进藏支队，目的是和西南进藏部队一起开展西藏地方工作。当然还有另外一个很重要的目的：打通从西北到西藏的交通线。

慕生忠是西北进藏部队的政治委员，司令员是范明。他们走的路线不完全是今天的青藏公路，而是沿着唐代文成公主进藏的路线向拉萨进军，即从青海的香日德南下到巴颜喀拉山，经黄河源头，再翻越唐古拉山到藏北。

当时，慕生忠刚从战争硝烟里钻出来不久，已经脱下军装出任天（天水）兰（兰州）铁路副总指挥，正在工地上风风火火地指挥施工。没想到接到命令要他率领部队进军西藏，实在突然。但慕生忠很坦然地面对了。"祖国需要嘛，甘肃、西藏都是战场，我再穿上军装挎上盒子枪就是了，看来这身军装今生今世离不开我慕生忠了！"

他专程去北京领受了进藏任务，返回兰州前，他特地做了一件他认为必须做的事，到前门大北照相馆照了一张相片。这事看起来是临时动意，实则是军人本能的意识。他多洗印了几张相片，分送给几位要好的战友。

每一个接到相片的战友听到的都是他说的同一句话："如果我死在那个地方了，这就是永久的留念！"

不能说是忧伤，更多的是悲壮。他是军人，要去另一个他很陌生、大家也都不甚熟悉的新的战场。他当然渴望叫醒黎明，因此当黑暗压来时他也不会低头。

战友们无语，接过相片在心里默默地为他祈祷。

慕生忠如果死了，很正常；但是他没死，这是奇迹。

1982年8月，他重返青藏高原，怀着悲喜交加的复杂心情，在格尔木一个十分简陋的礼堂里给军队和地方的数百人讲述了他第一次进藏路上非同寻常的经历。

说起慕生忠这次讲话，有个细节我必须说说。我是在他讲话半月后才得知此事，当然为没有亲耳听到这位我心中一直崇拜的偶像的讲话而十分懊丧。此后为弥补缺憾，我几乎每次去高原都要向聆听过慕生忠讲话的人打探情况。那个年代录音录像还很稀缺，特别是高原这个地方。

我竟然找不到一份慕生忠讲话的记录稿，采访本记下的只是一些零零星星、七拼八凑起来的很不全面的内容。失望使我渐渐淡忘了这件事。

惊喜发生在2000年夏天。

青藏兵站部组织科年轻的中尉干事郭文举，饶有兴趣地陪我跑了青藏线上的几个地方。小郭是一个很善于收藏青藏高原资料的有心人，一次闲聊中我得知他手头存放有一份慕生忠的讲话稿。我索要来一看，打印稿，正是1982年慕生忠在格尔木的那次讲话，题目是《慕生忠同志的报告》。我如获至宝，赶紧复印了一份珍藏起来。小郭给我讲了他得到这份报告的经过。四年前的一天，机关清理过去的旧书、旧报、旧材料，他看见走廊里放着一堆准备作为废纸处理的垃圾，顺便扒拉了几下，找了几件他认为有用的材料，慕生忠的这个报告便是其中的一份。小郭说，有人是当废纸扔掉的，他却当宝贝捡了起来。2005年郭文举出版他的作品集《军旅天空》，我建议把慕生忠的这个报告作为附件收录进去。

那次报告会上，慕生忠是这样回忆他们第一次进藏路上的种种无奈和遭遇的：

八月上旬，我们从香日德出发上路，浩浩荡荡的人马，有头无尾地摆动在荒原上。后来一些作家在文章里把这描绘成"千人万马的队伍"。实际情况比这个比喻还要壮观，上千人？可不止哩！你想想，光四个蹄子的动物就海了去了，马三千，骡子三千，骆驼三千，牦牛一万有余，两万多牲口少说也得有三四千指战员及民工去经管吧！

离开香日德后，我们南行，走了一天的路程就进了努马格尔拉山，这是昆仑山的支脉。好些人都不知道这个山名，我们是从游牧的藏族同胞那儿打听到的。继续行走三天，山峰越来越高，山路也难攀登了。这里的海拔在五千米左右，比我们翻过的日月山要高出两千多米。给我配有一匹马，但是走这样的山路，只能牵马而行，"上山不骑马，下山马不骑"嘛。遇有陡坡滑路，人还得助马一臂之力。

这天中午，我们翻过一道山岭，前面突然豁亮起来，呈现出一大片望不到边的草原。我们虽然被高山反应折磨得一个个蔫头耷脑，可是一看见眼前这一片闪烁着明媚阳光的草原，心里一下子变得轻松了许多。我们进入了黄河源区域。黄河源，黄河源，到处是烂泥滩。我心里很清楚，这平坦的草地，耀眼的阳光，都将成为考验我们的陷阱。果然，我们走进黄河源还没有一个小时，一阵暴雨就劈头盖脸地砸来，所有人马原地不动，任暴雨冲打。还好，暴雨很快就过去了，我们继续行进。这时候包括我在内的每个人都泥头水脸似的成了落汤鸡。大家互相看着对方的脸，溅满泥浆的脸，大笑不止。你笑别人，别人笑你。谁也看不到自己的脸，其实谁都明白自己的脸跟别人的脸一个样，泥猴脸，怎能不笑！

在泥淖草地里行军，一步一拔脚，三步一停歇，头一天走了四十里地。慢是慢了点，但可以少发生意外事故。这地方处处都有深不可测的泥潭，一旦掉进去就永远别想出来。我们谋划了一下，头等重要的是选好路，躲着泥潭走。这样，就组织了一批精悍的人在前面探路。即使这样，有十几个同志还是失脚陷进了泥潭里，我们又赶紧组织人去救，没一点儿用。什么抢救的工具也没有，谁去救都会陷进去再也出不来。陷进一条命再搭一条命进去，我们能不心焦吗？大家气急败坏地在草地跳腾着，可是没有任何办法。就这样，我们眼睁睁地看着这十几个同志没有出来，牺牲了，连尸体也无法找到。我很难过，让大家在泥淖旁为他们送别，久久地默哀。我找了一块木板，让人在上面写下遇难同志的名字，就埋在他们陷身的地方，算是他们的坟。这件事使我终生难忘。我对同志们说："都给我擦干眼泪，冲着死去的同志喊一声他们'万岁'，咱们继续前进！"大家照着写在名单上的名字一一喊过"万岁"之后，我们流着眼泪又上路了，脚步沉重得像拖着一座山，迈不动呀！

我对大家说，那些倒下去的同志都躺在泥淖地里望着我们，我们要用实际行动证明自己不是软蛋，能走出黄河源。为了不鲁莽地走入泥淖地，我们又进一步加强了探路工作。话虽这么说，可是满眼的泥水滩，想躲也躲不开呀！所以，往后的日子我们每天几乎都是在烂泥窝里扑腾，弄得浑身糊满泥巴，没个人样。但因为有了前面的惨痛教训，我们特别注意选择路线，再加上每个小分队都准备了随时救人出泥潭的绳，以后再没有死人。伤人的事倒是每天都会发生几次，随队医生给伤者包扎包扎又出发了。许多地方，不是走，而是躺下滚过去的。没办法，只要能往前挪动，什么招数我们都用了。

相比之下，牲口就遭大罪了，特别是骡子，死在泥淖里的最多。今天回想起来，它们临死前那渴望求生的眼神还活生生地在我眼前，揪得我心疼！马是驮着人过去的，有人在它的背上指点路线，凭它的机敏和灵巧，总可以和人一起安全走过一个又一个险滩；骆驼虽然笨重，但腿长，蹄掌厚而坚，它有肥宽的躯体，再加上它顽韧的毅力，即使陷进泥淖，它不会没劲，可以扑腾着挣扎出来；牦牛呢，在这泥淖滩里真正证明了它那"高原之舟"的美称是名副其实的，它的腿虽然短，可那天生的像帆船一样的肚皮，使它在泥水中漂浮起来，比其他动物有优势，还有它肚皮下长的那些长毛，也能帮它走出泥淖地；三千匹骡子是最造孽最令人同情的，它们在黄河源头损耗得最多，头一天就有一百多匹死在了烂泥滩里。骡子的躯体瘦小，腿细蹄又尖，一踏上深处的泥淖就陷进去了。我们有意减去了它们身上的驮物也不行，一陷下去就没救。我慕生忠看着火燎心急，巴不得把每匹可怜的骡子背过泥淖地，可我没这个本事，实在没办法！我对大家喊着，你们都是死人吗，眼睁睁地看着骡子陷下去。可是，我知道谁也没办法救骡子。我还是要这么喊着。那些天，看见骡子一批又一批地陷进泥淖里死去，我不知暗流了多少眼泪。骡子是我们的无言战友呀！

我们在泥淖里连滚带爬地折腾了九天。好漫长的九天呀！白天是艰苦行军，夜里也无法安睡。怎么睡得着呀，你们想想，每天傍晚，大家就开始寻找宿营地，要设法躲开泥淖，可是漫山遍野都是泥淖呀！想找个相对来说避风的地方，也不行，巴颜喀拉山满世界都是大风。好不容易找到了一块稍高一点的地方，泥淖倒是没有了，谁知偏偏在风口上，顾不得那么多了，将就着休息吧！因为太疲累，同志们倒下身子就响起了鼾声。一觉睡到第二天太阳爬出山头好高好高，每人半睡半醒地给嘴里塞点干粮，随便找点所谓清亮的水喱吧两口，又赶路了。

大概是行军的第十天上午，我们到了青海曲麻莱县的通天河，这儿已经是长江源头了。我们在通天河畔的临时营地清点了一下人马，骡马已经损失了三百多匹，有的是陷进泥淖地送了命，有的是吃了有毒的草中毒死亡。骆驼、牦牛也损失了一些。我们不是轻装了，而是负载更重了。眼下，好比是三个人要做四个甚至五个人的事情，能不吃力吗？那也得往前走，硬着头皮也要抵达西藏！

青藏线（节选）

长江源头上的四条河流到了通天河这个地方就自然而然地汇在了一起，通称通天河。河水本来就很急，当时又是洪水期，长河滔滔，浪头狂吼，站在岸上脚下像擂鼓似的震动着。怎么过去呀？大家都在犯难。其实，我们从兰州出发时就想到了河水阻路的问题，所以特地带来十八个羊皮筏子。我先说说这羊皮筏子，这东西在内地是绝对见不到的，它是西北特别是甘肃、青海一带老百姓渡河时必不可少的工具。羊皮筏子分大中小三种，大的是用二十多张全羊皮缝制而成，中的十多张羊皮，小的有十张八张的，甚至更少。羊皮筏子的皮张绷得紧紧的，犹如鼓面，内里装干草，皮筋缝口，桐油密封。大的筏子一次可以载渡五十余人。现在我们过通天河就靠这些羊皮筏子了。千军万马驻扎在通天河边，说是十里长蛇阵并不过分。有人担心筏子在这样的急流大浪里被整翻了怎么办，我说，咱们都是大活人，得想法不让它翻，这才叫真本事。我把筏子客集合起来，先死规硬定地要求他们这次摆渡必须安全，然后让他们去熟悉水情，练习摆渡技术。这些筏子客是我们从兰州带上来的，都有一身好水性，人也实诚听招呼。过河开始了，三四个渡口同时开渡，我指挥渡河，坐在第一个筏子上，过了河我再坐筏子返回对岸。就这样来来回回，我往返了十三次。每摆渡一次要三四个小时，一天也就是摆渡两三次吧。其间，我们的工程师邓郁清出了点疏漏，他坐筏子好不容易过了河，这才想到他的马丢了，还留在岸上。是一时着急忘了马，还是筏子上太挤马没有上来，不得而知，反正马没有过河。他的所有行程都在马背上，把马留下他只身一人过河有什么用？我说邓郁清呀邓郁清，真是个书生呆子！丢了马还不等于把你自己丢了！他只是一个劲地向我检讨，我也不好多批评他。没办法，两个人又陪着他返回对岸，好不容易在一个山岔里找到了正悠闲吃草的马。那马太寂寞，见了人就亲热地跑了过来。邓郁清抱着马脖子痛哭，惹得两个陪他的同志也跟着流泪。

我们过通天河，一共用了十四天时间。损失了近百头牲口，还牺牲了三名战士：有掉在河里的，也有得病去世的。他们永远地长眠在长江源头了，无名无姓，也少有人知道他们的籍贯。我对着他们默默站了足有半个小时，心里难受呀！后来我才发现我身后站了一队同志，他们也向战友默默道别。不管怎么说，我们总算过了通天河，这是一个大关口，险关。队伍重新上路前，我照例让人为死去的同志垒了坟，没找到尸体的也要垒个衣冠坟。他们是功臣，是看不到最后胜利的功臣，我们不能忘记他们。那些死去的牲口，我们也都掩埋了。不少战士在掩埋牲口时，都泪流满面地哭着。战友呀，无言的战友，没有它们，我们是到不了西藏的！

过了通天河，前面就是唐古拉山了。从通天河到唐古拉山，有两百多公里路程，照样是山路，比前头更险要。我们有意地放慢了行军速度。唐古拉山地势高险，空气稀薄，气候酷寒。再加上连日来的长途跋涉，病号骤然增多。缺氧当然是威胁我们的大敌，但是与天寒相比，它也就不显得那么厉害了。11月的季节，这地方的气温为零下三四十摄氏度，说它可以冻掉人的鼻尖是一点儿也不假的，我们每个人的鼻尖上都留下了冻伤。还有小解，尿液没落地就冻成冰条了。没有火，是我们最难熬的，取暖、做饭都成了问题。劈柴、牛粪、衣物，凡是可以点火的东西都用上了。可那些东西毕竟有限，只能解决燃眉之急。一天晚上，我在宿营地巡走，突然看到远处闪亮着一堆篝火，我的心里一下子暖和起来。我快步走上去一看，是连队的陈连长给战士们烤被雪水打湿了的大头鞋,空气中虽然散发着一股扑鼻的焦臭味,但我仍然有一种回到家的温暖感。我问陈连长从什么地方弄来的柴火,他说:"政委,你仔细看看,是柴火吗?"我仔细一看,是牛粪。哪儿来的粪?连长告诉我,这些天他和几个战士多了个心眼,把牦牛拉的粪特意收集起来,留着取火。藏家人不是都用牛粪火取暖做饭吗?我握着连长的手,称赞他说:"好同志,你真是个有心人,为我们解决取暖问题找出了一条路子。"以后几天,我们的队伍就都开始收集牦牛粪。这些牛粪生起的一堆堆篝火,对后来我们进藏路上克服严寒带来的诸多困难,起了十分大的作用。

我们整整走了二十二天,才翻过这座雪山,到了藏北的重镇那曲。接着我们又连续行军半个月,终于到了拉萨。这是1951年12月中旬。

那天,拉萨久雪初晴,天空格外蓝,整个拉萨城好像刚睡醒似的。我的心情很轻松,很愉快,我们到底胜利了!

此次进藏,使慕生忠和他的战友们领教了泥淖地的厉害。黄河源头和巴颜喀拉山确实令人望而却步,难以跨越。这也是后来修筑青藏公路时他们放弃这条路线的原因。放弃了在这条进藏路线上修公路的打算,并不能说明那一片一片的泥淖地吓住了慕生忠。绝对不能这么认为。他们最终不是跨越过了它吗?

慕生忠在以后的许多场合都提到了他第一次进藏的事,一提起来就会说到酒。是酒给他助兴,帮他走出了黄河源。

慕生忠被人称为"酒司令""昆仑酒神"。他浑身豪气,一腔爽笑,也带着酒的精神。

那是来到黄河源头的第一天,泥淖地吞没了十多个同志的生命之后，慕生忠又急又气，双眼都红了。他在泥淖地前走了好几个来回，然后站定，对随行人员吼了一声："拿烧酒来！"大家自然明白他要干什么，马上有人递上一瓶酒。他接过酒一仰脖子就灌进了半瓶。他又将腰带勒了勒紧，往地上一躺，就往泥淖地上滚去……

成功了！

不到十分钟，他就滚过了第一片泥淖地。虽然中间有过几次停顿、反复，但是终究成功了。这办法可行。人躺下后加大了身体接触泥沼的面积，压强小了，就不容易陷下去。再加上酒劲的刺激，慕生忠有了比平日更猛更烈的勇气，就滚过了泥淖地。

慕生忠站在对面，浑身泥水，眼睛红得像要喷火，他举着手，说："就照这办法行事，喝酒。照我的办法来，喝酒！"

大家纷纷喝酒，打滚……

酒，在关键时刻起了作用。将军对酒的感情又深了一层。有几分醉意的人往往能创造奇迹，这话有道理，将军绝对信！他们走过黄河源的泥淖地，酒是立了功的！

慕生忠这一生都与酒的感情很深沉，也许就缘于进藏路上的那瓶酒。年届八旬的他，每日照饮不误。老伴出门时将酒柜加锁，他撬开拿出来喝。他还把喝完的酒瓶甩在花坛里，由家人去打扫。

1993年，将军再次重返高原。他来到昆仑山，双手掬起昆仑泉的水，从脸上浇下，连连感叹："好酒呀！好酒在昆仑！"

这一刻，他能不想起那瓶刺激他走过泥淖地的酒吗？

酒呀酒，酒是将军的魂！

青藏的重重雪山是他拿酒灌醉。

青藏的条条冰河是他靠酒融解。

他以酒的甘烈，展示性格的坚毅。

酒使他的额头变得像昆仑山的岩石。

酒使他的双手青筋暴起，像一条条山脉。

酒使他的话语烫得像烈火，懦弱者一碰上他的目光就无地自容。

酒给了他生命，青藏公路是他生命的延续。

第一次进藏，有二十多个指战员和民工把生命永久地铺在了进藏路上。这似乎是意料之中的事，但是这样的不幸会摊在哪个人的头上，谁也不知道，谁也不愿有这个思想准备。用躯体铺路的还有数百头牲口。

布满伤痕的里程！

慕生忠的心绪无法安静。他身子虽然到了拉萨，但心仍然惴惴不安地留在进藏路上。他很不甘心这次跋涉中的种种遭遇。或者这么说吧，他可以像一些人那样亮着嗓门对所有关心他这次进藏的人说，我完成了任务，按预定的计划走到了拉萨。我活着到了西藏！他慕生忠是个厚道人，当然可以讲这样的话，但绝对不会抬高嗓门讲。是的，他是完成了任务，对一个军人而言，他是打了一次胜仗。然而，他认为这个胜仗打得不漂亮，不体面，不理直气壮，是打了一次"惨兮兮"的胜仗，不值得炫耀。他带领的队伍几乎被黄河源挡住了，几乎被雪山挡住了。实际上也挡住了，死了那么多人，死了那么多牲口……

慕生忠的心伤痕累累，怎么能平静下来？

他常常站在窗前，望着黄河源的方向，发愣、联想。

走一趟西藏为什么就这么艰难？

这样发问之后，他甚至想过：今生我再也不走这条路了！

然而，当组织上让他再次进藏时，他还是不讲二话地承担了起来……

第二次进藏：1953年11月至1954年1月

到拉萨后，慕生忠就留了下来。他担任西藏工委组织部部长，范明任西藏工委副书记。他们协助中央驻西藏代表张经武及张国华、谭冠三等，一起领导着和平解放不久的西藏党政军工作。经过较长的一段时间后，慕生忠平静下来。他不会忘记第一次进藏的惨痛遭遇，但手头紧张的工作有时使他不得不暂时忘掉。总之，日子相对平静了下来。谁会想到，形势所迫他要离开西藏了。

离开西藏是为了再次进藏。

当然有些意外、震惊，不过他依旧坦然而痛快地领受了第二次进藏的任务。

军人嘛，是放在弓上的箭，随时都准备射向需要射中的目标。战士的灵魂如果安卧起来，情感的仓库就会空虚。

当时，两路进藏的部队大约三万人。不说别的，光每天吃粮就需要四万五千斤左右，还不敢松开裤带咽饭。西藏本地不可能供给他们这么多粮食。部队和拉萨党政机关的吃粮全靠从内地运来。拿什么运？骆驼、牦牛，还有骡马，主要是骆驼。

眼下断粮了。粮荒！

部队领导机关给指战员们限量吃饭，每人每天只供四两粮。四两，壮实的汉子塞牙缝是够了。只能是四两，多了没有。

那些抵制西藏和平解放的西藏上层反动分子，在这个关口，更张扬着他们不可抑制的气焰。你买我粮？可以。一斤面一斤银子，一斤咸盐八个银圆，八斤牛粪一个银圆。爱买不买，要活命你就得买。

拉萨河的每一朵浪花，都呼唤着救命的粮食。

张经武当然比别人更心焦了，他好几次在大会上忧心忡忡地说："我们现在吃的一斤面是一斤银子的价，要命呀要命，我们是吃银子过日子的！"

八廓街头那些黑心的管家，得意地大声吆喝着："一个银圆买八斤牛粪！"他们的身后是堆积如山的干牛粪。

粮荒发生了。

驻藏官兵和西藏工委机关的工作人员，每天都在饥饿中挣扎。

粮荒不能再继续下去！

受中共中央的指示，西北局支援西藏运输总队便应运而建。

慕生忠调任运输总队政治委员，总队长是王宝珊。王宝珊曾任榆林军分区司令员，后来担任西北公安总队队长。慕生忠到运输总队任职，这在许多人看来有些意外，他已经用脚步丈量过一次西藏了，排着队轮也该轮到别人了。可慕生忠却认为派他再次进藏是顺理成章的事。正因为他跑过一次西藏了，轻车熟路，再跑一次会省去许多麻烦。这回他没有去照相馆照相，没作死去的打算。他说："我不能死，我要好好地活着，给西藏运粮。大家都等着吃我运的粮食呢！"

他必须立即返回兰州，筹备运粮之事。一匹马早就准备好了，静静地拴在他住所前的拴马桩上，静候着骑马人。

他没有走青藏线，而是经康藏线赶往兰州。他在对比，要看看这两条进藏的路线，哪条更便捷。可以肯定地说，此时修路的事已经开始在慕生忠的脑海里孕育出胚芽了。

一到兰州，慕生忠就马不停蹄地开始了筹粮的工作。

据说，那时候全国一共有二十多万峰骆驼。运输总队的胃口够大了，他们从陕、甘、宁、青及内蒙古等地征购了两万六千多峰骆驼，招募了一千两百多名驼工。

正是春夏之交的季节，人和骆驼像炸了窝似的云集在小小的香日德。

慕生忠已经用双脚不辞辛劳地丈量过了青藏大地，对那里的地形地物基本上有了一定的底数。这次运粮该从哪里进藏他有新的考虑。黄河源那个地方是万万去不得了，川藏线更不可靠近，那儿的塌方太频繁，一处塌方，全线都堵了。相比之下，还是走格尔木翻昆仑山经可可西里进入藏北比较稳妥。他已经调查过了，这条路可取。

考虑问题细致周到的慕生忠，决定派人先出发打前站，为后面的大部队开道。

先遣队的任务是探路，之后在进藏路上建立四个站，这样后面大队人马就有落脚喘息的地方了。

从1953年6月到10月，四个站陆续建成。

格尔木站，站长刘奉学，政委由运输总队副政委任启明兼任。

纳赤台站，站长尤忠，政委张宏儒。

可可西里站，站长齐天然。

温泉站，站长张林祥。

这四个站的简陋程度是令人难以想象的，每个站上只有两顶行军帐篷。相比之下，格尔木站算是奢侈了，因为它有一个为了防止野狼袭击，用红柳根围起来的约一亩大的"柴禾城"。这个"柴禾城"就是今天格尔木的雏形，刘奉学他们便是名副其实的第一代格尔木人。

我于20世纪50年代末进驻格尔木，作为格尔木的第一代后来人，我多次踏寻"柴禾城"遗址，展望与回顾，心潮难平。那儿一根锈秃了的帐篷固定钉，也能倾倒出昔日一片蓬勃的苍凉；那儿败落在地灶上的一缕斑驳烟迹，也能再生出掀天动地的军号声；那儿萧条在冷风里的半堵残墙，也能引出一队进军的勇士。孕育格尔木的"柴禾城"啊，也许你已经从今天许多人的视野中消失了，但你永远活着。我看到一列进藏的火车喜气洋洋地歇在你的肩上。

慕生忠对运粮队实行军事化编队和管理，列队行军，日走夜宿。前有领队，后设压阵。每个驼工拉五至七峰骆驼不等，每峰骆驼驮四袋面粉，每袋五十斤，再加上人畜自用的生活物资，共三百斤。民工的工资根据各人的工作量再加上分工支付，平均每人每月二十五元左右。

新的路线并不会也不可能让他们一帆风顺地到达拉萨，这本来也是他们预料到的事。新的路线遇到的是新的情况，遭遇的是新的挫折，受到的是新的打击。还是在 1982 年那次回到格尔木后的讲话中，慕生忠比较详尽地回忆了他们这次运粮路上的种种不测：

> 我们第二次进藏时也是从香日德出发。所不同的是，第一次走的是东线，实践已经残酷地证明，那条要命的路太难走了。这回我们决定改走西线，即由香日德向西行三百多公里就到达格尔木，再南行进入昆仑山。事先调查得知，昆仑山以北大戈壁滩上只有格尔木河有水，其他地方的水就奇缺了。沿着格尔木河南上就可以进入可可西里，再翻越唐古拉山，走进藏北。这条路线也就是今日青藏公路的基本走向。是不是可以这样说，我们此次进藏有意无意地在探索着给西藏修一条公路的路线。说有意是因为从我思想上讲，这几次进藏的现实使我不得不想到太需要修一条进藏的公路了。说无意是因为我慕生忠当时绝对没有想到后来修青藏公路的任务会落在我的肩上。尽管一年后是我主动要求修青藏公路，但第二次进藏的前夕我还没有做这样的打算，确实没有。这是事实。
>
> 就在运粮队还在香日德集中时，也就是打前站去建四个站的同志出发后没几天，我也先行一步，带领二十个人，驾驶一辆吉普车和一辆大卡车，动身向格尔木行进了。从香日德到格尔木原本就有一条驼道，那是骆驼客留下的痕迹。驼道是很不规则的，常常走着走着，路就莫名其妙地消失，哪儿去了？鬼知道。只见眼前出现的是沙砾、荆丛。遇到这种情况，我们就修路。哪是修路？严格地说是找骆驼蹄印，找不到时就找骆驼粪，风干了的骆驼粪是不会在短时间内消失的。我们经常走来回路，就是绕了一个大圈又回到了原地。把直路走弯，不是为了多看几道风景，而是想找到捷径。谁会想到越是想走捷径倒

越是绕了许多冤枉路。我们自带干粮，走得肚子发慌时，就找个有河水的地方停下来啃点馍馍，歇口气。河水都结了冰，我们就从河上敲些冰块化水喝。夜里都是在避风的坡下或河湾撑开帐篷过夜。太累了，不管天气多冷，条件多差，大家躺下脚一伸就响呼噜。大家轮流站岗，上岗的名单上虽然没有我，但我每夜都要起来两三次。操心呀，哪里会睡得着！有一天晚上，我起来巡查时发现有一顶帐篷都被风揭得快倒塌了，同志们还在很香地睡着。我赶紧叫醒他们，整好了帐篷。真是受罪！

就这样，走走停停，遇着平坦的地方就坐上汽车跑一段路，路不通了，下车再修路。说来说去，还是步行的时候居多。三百多公里路，我们折腾了一个星期，才到了格尔木。我们原先看地图时以为格尔木是一个村镇，做梦都没有想到的是，我们看到的是一片盐碱覆盖着的无边荒原，风沙铺天卷地地刮着。只有格尔木站上的两顶帐篷孤零零地挺立在山野，仿佛随时都会被大风卷到西天去。大家问：格尔木在哪里？我说，我们的帐篷搭在哪里，哪里就是格尔木。之后，我把我手中的一根柳树手杖插在我们准备搭帐篷的地方。没想到这柳棍后来竟然成活了，它也成了格尔木的象征。几年后我们在这个地方建了房子，又盖起了楼房，起名叫"望柳庄"。

在格尔木的第一夜，我考虑最多的是以后的路程，它肯定比我们已经走过来的路要艰难得多，弄得不好粮食没有运到西藏，运粮的人就会困死在半路上。为此，我在格尔木给北京发了电报，要求上级给我们供粮。只有我们吃饱活着，才能圆满完成任务。

平心而论，这次运粮我们运输总队走到格尔木这段路还算顺利。接下来，从格尔木往南开拔问题就大了。泥淖地倒是遇不到了，但新的难题更困扰人。这次走的地方几乎全被冰雪覆盖着，历来是生物禁区，基本上看不到人家。偶尔见到一个牧人，远远地站着，用疑惑生硬的目光瞅着我们。冰雪世界使骆驼遭到了极大的灾难，给骆驼带的粮草吃完了，但沿途很少有草。好不容易找到一片草滩，骆驼也难以吃到嘴里。因为骆驼的腿长，习惯在沙漠中吃高草。青藏高原上的草，又矮又稀，且被冰雪或沙石盖着，骆驼啃不上，弯下脖子死啃也啃不上。有的骆驼只得半卧半跪地啃草吃，真难为它们了。草料不足，一些骆驼很快就瘦成骨头架子，倒了下去。那些骆驼死时的惨景我今天回忆起来仍然心酸得像硫黄烧着一样疼痛难忍。不少骆驼卧下去吃草后就再也撑不起来了，任驼工们使出多大劲去拉去拽，也起不来了。几个驼工帮着拉也不行。无奈，他们只能把骆驼身上的面粉卸下来，分担给别的骆驼，难舍难割地扔下它们，继续赶路。骆驼也是他们的战友呀！长长的几十里的运粮队伍日夜不停地走着，谁也没有清理过，一路上就这样扔下了多少骆驼！没法去清理呀！这些可怜的骆驼已经感觉出主人要遗弃它了，便使出最后的气力叫着，叫得一声比一声凄凉。主人也不忍心了，便又回转去抱着骆驼痛哭起来，这时候骆驼的眼里也流出了长长的眼泪。没有办法，最后还得下狠心一步三回头地扔下骆驼。

被遗弃的骆驼，过了几天有些又缓过了劲，自己站起来了，在草滩上寻草吃。其实那是在寻找它们的主人呢，孤孤单单的，一边吃草一边呼叫着主人。这时如果被后面运粮队的人碰上，就把它们牵上，让它们归了队。它们见了主人，像走失的孩子找到了娘，偎依着主人凄惨地叫着。谁听了都心酸！当然，这种第二次归队的骆驼毕竟是个别的了。

不仅仅死骆驼，人也有死的呀！这一路的天气太寒冷，人的抗寒能力总是有限的。还有，高山反应的残酷摧残，使运粮队队员的体质普遍下降，不少人病得走起路来也摇摇晃晃，但还得走，只要有一口气就得走下去。绝大多数人凭着坚强的意志走到了底，也有一些身体实在弱得无法坚持下去的人，便倒下去了。他们走着走着就倒在骆驼前面，再也起不来了。骆驼见主人倒下了，也不走了，静静地站在主人身边好久，不住地用鼻子蹭主人，但是主人已经死了，再也唤不醒了。本来朝朝暮暮都挨着胳膊牵着手生活在一起的同志，现在冷不丁地把命丢在荒野，我们经受不了这样的打击！他们死了，我们也要设法找个地方让他们安身。这样收尸队就成立了。我们作出了一个特别决定，抽出十峰骆驼专门驮运同志的尸体，运尸的人可以享受队长的待遇，每月发三十五元的工资，这是我们运粮队当时最高的工资。钱算啥？薄薄一张纸，风一吹就跑了。同志的命就是我们大家的命。大家争着参加收尸队，加的工资一分也不要。运尸这个事情可不是一般人想象的那么简单，整天跟死人打交道，当然是需要胆量的，但最重要的是感情。白天还好说，大家七手八脚地把同志的尸体捆绑在骆驼身上就是了。晚上到了宿营地，人要休息，骆驼也要休息，就得把尸体搬下来，集中放在一个安全的地方。怕野虫虫伤害同志的尸体，还得站岗。第二天再把尸体一具一具地搬上骆驼。最后，我们返回到格尔木时，把这些同志的尸体掩埋在了荒滩上。这就是今天格尔木烈士陵园里最早的一批英灵。

这次进藏运粮，骆驼的损失最惨重，死亡了近一半吧！献出生命的同志也有二三十位。1954年初，我们侥幸活下来的人陆续回到了香日德，一个个瘦得没了人形。我的心里难受了好久，总觉得没能很好地完成任务。我对大家说："我们是幸存者，我们命大，我们要感谢上天，也要感谢我们自己，特别要感谢我们自己。我们共产党人用双脚又一次走了一回西藏。总之，我们活着回来了，这就是胜利。"

就是在第二次进藏之后，慕生忠再一次想到了要给西藏修路。虽然在第一次进藏时，他的脑海里已经萌生了修路的想法，但是真正下定决心兑现这件事还是在第二次的进藏路上。他要修路的想法是那样强烈，那样急迫。没有一条通往西藏的路是绝对不行的。他慕生忠可以带队第三次、第四次……给西藏运粮、运物资，但这不是长久之计，不是解决问题的根本办法。

修路！

封闭很久的西藏人民和西藏山水，正用祈求的声音呼唤着公路。

彩 裙 灯

难忘青藏公路沿线那特定的历史和风采。哪怕是雪山上飘来一朵云彩，荒野里窜过一只黄羊，都融汇着雪域的自然风光，折射着高原军民馨芬的精神境界。就说那盏彩裙灯吧，它在我心里收藏了五十多年，被岁月的风雨冲洗得越发鲜亮了。

或许有人要更改往日故事的真实，我不。但我明白，要把真实变为记忆的真实，我们需要倒退一步站在昨天。

那天，我们五台车组成的小分队，由秦树刚副连长带队，日夜兼程奔赴日喀则执行任务。傍晚的一缕阳光斜照在唐古拉山的雪峰时，我们正在藏北草原上赶路行驶。当晚的投宿地是冈底斯山下的谷露兵站，大约还有近百里的路程。很快，夜幕就合拢了太阳留在天地之间的最后一道亮缝，连续拐弯的公路瞬间就钻进夜色中了。

其实，我们这些习惯摸黑走夜路的汽车兵并不怕天黑，夜色再浓，车灯打开，一扑闪就能切开一条路来。恼人的是起风了，天一黑，四面的来风就东摇西晃地刮开了。风把山里各处的积雪、冰粒全鼓动起来，弥漫在夜空，有时还形成雪旋涡在公路上蹦蹦跳跳。车窗外一片混沌，我们看不清路况，不得不换上低速挡哼哧哼哧地慢慢行车。我不时要停下车，让助手擦去滞留在风挡玻璃上的积雪。大约一个小时过去了，我们的车队一直像挪步一样蹭着行驶，里程表上的数字显示不足五公里。

没成想最让我们担心的路还在后面呢!

那是冈底斯山中的一段约十公里长的傍山险道,这时摸黑行驶已经是其次了,最犯怵的是"险"。当时,青藏公路通车不久,路况很差,这条险道是为了给西藏运粮,慕生忠将军带领人马赶修出来的一条简易公路。据我们车队打前站探路的同志介绍,冈底斯山那段傍山险道正在拓宽、加固,因此来往车辆暂时走便道。可想而知,便道肯定比正道更"险"了。我的车上坐着副连长,是带队车。他一再提醒我,要慢点开车,看清便道的入口,然后稳稳地驶往便道。此时,路上早就断了车辆行人,修路工人也收工了。天黑得伸手不见五指,只有风雪在不知疲倦地摇晃着。便道在哪里呢?我睁大眼睛寻找着,眼珠几乎要蹦出来了。索性,副连长下了车,走在汽车保险杠前辨认着道路。他不时转过身来,打着手势,指挥着我们车队前行。这样,我们开车当然顺畅多了,可是风雪深夜在傍山险道上踏行探路的副连长,要经受多少风险的袭击!

故事之后发生的故事,才最让人肺腑震撼。

车子继续向前移动着,随着山势拐了一个胳膊肘弯以后,前面路旁的夜幕中突然隐隐地掀动着一片光亮。那光点忽东忽西,渐大、渐近。我们停车,副连长第一个走上前察看。原来是一位藏族姑娘手里举着一盏风灯,她身边公路中间插着一块木牌,上面用藏汉两种文字写着:"禁止通行"。姑娘就在木牌前来回走动,好让来往的司机大老远就能瞅见她这颗流动的夜明星,然后她领着车子进入便道。我毕竟是个遇事好打破砂锅问到底的文学青年,看到姑娘手中的风灯上包了一块像红布似的什么东西,就细问根由。姑娘有点害羞地笑了。原来刚才起了风沙,又有夜雾笼罩,天地之间蒙蒙一片,风灯的光焰也被吞得只剩下豆大的一点点了。人着急无奈时往往会有妙招,她便跑回家取来了自己那条崭新的彩裙,把风灯严严实实地包了起来。彩裙给风灯增添了耀眼的色彩,开车的司机远远就能瞅见这颗亮灿灿的不夜灯。这个夜晚,彩裙是冈底斯山暗夜尽头的亮点,是一粒光明的种子。我从这风灯上嗅到了阳光的味道。

我记下了姑娘的名字,她叫央金,家就住在离谷露兵站很近的一个藏村,她的阿爸是道班的养路工人。

望 柳 庄

上 篇

那只狐狸，赶在黄昏降临前来到这里，原打算过夜的。它看见树上挂着一盏马灯，就断定不是人去屋空的地方，便转身走了。这灯虽只有弱弱的光焰，但它轻轻一晃，甚至春天都会动起来。马灯是这块土地上的生动表情。

望柳庄。

你别以为它是个村子，庄不等于村。当然更不可能是镇了。那个年代——我在青藏高原当兵的五十年代末到六十年代初，荒野的戈壁滩，风沙呼啸而过，就扫出一大片空地，唯有黄羊逍遥自在地与风沙快乐戏闹。人难得有个落脚的地方。从阳关来的滚了几个世纪的沉重的黄沙，到了这个叫阿尔顿曲克草原的地方，暂时停止了眩晕的哽咽。也许它并没有死，但是终有新的事物在此诞生——几排低矮的说茅屋不是茅屋、说土屋也不像土屋的半地下半地上的简陋小屋及院落。你当然可以询问这些陋屋是从哪儿来的，包括小屋的马灯，但是这并不重要。在这个风吼沙扬的世界里，荒凉、死寂仿佛永远也不会画上句号。每天来去这儿的人，也许只是零零落落的过客，全部的意义就在于喜出望外地享受这一刻，在这个原来被沉闷笼罩的地方，有生命的飞翔。我说的生命就是这盏灯。

确实是寂寞的陋屋。太阳每天从它的东檐角升起，又急急慌慌地从陋屋一晃落到西侧的墙根下，潦草地完成一天的任务，掉进昆仑泉里入睡去了。有一丝野沙棘在夜里悄悄长出几个尖尖的芒针，刺痛了薄薄的冰冷月色。

就是这样一个既不是村也称不上镇的望柳庄，我在心目中一直把它当成一座城。不要问我为什么会有这样错位的结论，我只要给你讲一个人的故事，你自然就会明白。这个人手中的那盏马灯，朴实得就像我的八百里秦川老家父辈们挂在牲口槽头拌草料的灯，但是我要带一点夸张地说，它是我目前看到的唯一的光焰永不疲劳的灯。

院落曾经的主人或者更确切地说倡议修建院落的人，是一位开国将军——慕生忠。他是从陕北吴堡县庄稼院里走出来的传奇式人物。怎样传奇？1910年，他出生于一个破落地主家庭，在中学时就受到陕北革命领导人刘志丹的影响，投身革命。二十三岁那年，他成为一名共产党员，组织起了一支杀恶除奸的游击队。反动派视他为眼中钉，残杀了他一家包括父母妻子在内的四口人。仇恨满胸的他变得大胆无敌，刘志丹夸他胆大有谋，多次奖赏他。后来他带领游击队东渡黄河，活动于晋西吕梁等地区，杀敌除恶，身上留下了二十七块伤疤。就这些，他慕生忠还不传奇？1954年，这位奇士带领人马，在物质条件极其艰难的世界屋脊上跋涉苦战，修起了青藏公路。这又是他创造的新的传奇。要知道中华人民共和国成立初期，国家困难，百废待举，上边还没有修青藏公路的打算，是他主动请战，做成了这件可以说震撼世界的事！人们称他"青藏公路之父"该是当之无愧了！就在国人尤其是青藏地区的百姓们将爱戴而羡慕的目光投向将军时，他却不知去向地从格尔木消失了。望柳庄前熙熙攘攘的人流里找不到他，只能看到找他的人满脸惆怅。这时候我感到了人的渺小，也感到了他的高大！

望柳庄从此更加寂寞、孤独。白日的某时辰总能看到从遥远的西伯利亚飞到青海湖过冬的斑头雁，咕咕的叫声划过望柳庄，一声高过一声，一声悲过一声。

我要说的是，随后不久，望柳庄也像一匹疲乏了的骆驼一样消失了。说消失，是说院里的人走了，陋屋还在。其实随后不久，陋屋就换成了瓦房，再后来，瓦房又变成了小楼。就在陋屋消失的地方，一座新兴的城市一日比一日繁荣和热闹起来。这座城市就是今天的格尔木。它坐落在昆仑山下，头顶天高，脚下地阔，伸向远方的公路就是它的翅膀。格尔木，天生一副要飞翔要远航的架势。格尔木是在1954年修筑青藏公路的大军向世界屋脊进军的雄壮脚步声中逐渐壮大起来的。它地处甘、青、藏三省（区）的中心地带，是内地进入西藏的必经咽喉。2001年开始修建的青藏铁路也是以这里作为起点。

当年的望柳庄就建在格尔木转盘路口的西北角。日浮在潮中，月沉在汐里。生活就是由日渐堆积的记忆和日月交替的重生组成。我把每天对望柳庄的思念放大，就是一张格尔木的地图。总有事物在死亡，这就是历史。死了的东西常常还活着，这也是历史。消失了的望柳庄被时光磨损并擦亮，它一直清晰如初地留在我的眼前。那些柳树，依旧姓柳，柳树的柳。柔软的枝条一律朝着新耸起的楼房倾斜。除了柳树，还有杨树，相加足足有上百棵。它们的主人已经换了一茬又一茬，有的已经睡到了地下。更多的人是不安于命运，总怀有梦想，只是有时候连做梦的力气也没有。格尔木的风沙还是照常不误地刮着，已经减弱了许多，可是还是那么大。风沙，是格尔木的语言。没有了风沙，格尔木还能叫格尔木吗？当然，在风沙与风沙间歇之间，太阳很红。人们常站在望柳庄前看昆仑日出！

这些年——从1965年我调至京城离开格尔木至今（2012年），满打满算已经四十七年了。突然转身,我发现我的影子还留在昆仑山下。这四十七年对一个人来说肯定是漫长的时间,我确实记不清自己重返格尔木多少次了。可以说得清的是,望柳庄上空斑头雁不断的叫声,总能把格尔木的春天唤醒。2008年我连着两次到了格尔木,与青藏兵站部的作者共同完成《与青藏线同行》这部报告文学集的创作。接着2009年,我又随总后勤部组织的文学笔会,一路奔波到了拉萨。就在这三次高原之行中,我有意选了望柳庄南侧的部队招待所住宿,创作出了《一支部队与一座城市》和《26名将军来自格尔木》这两部报告文学。在随心所欲的写作中,我多次让昆仑山的风吹灭招待所的灯,在淡淡的月色中品味望柳庄的力量以及它给我带来的一段往事的细节。某一天下雨,雨点扑进窗,落在我的脸和摊在桌面的稿纸上。我一下子觉得我和望柳庄挨得很近,我相信那雨点就是柳梢上的露珠。可以肯定地说,2009年的格尔木之行不会是我最后一次的格尔木行程。我还要回到昆仑山的,因为那里有永远的望柳庄,慕生忠将军的望柳庄,格尔木人的望柳庄,也是我文学的望柳庄。从我到北京的那年起,我就把自己的书房起名望柳庄,一直至今。坦白地说,我刚到北京时,所谓的书房就是我和另外两位战友的卧室,属于我的就是一张床和一张书桌,所有的书籍都装在床铺下的那个我自己钉做的木箱里,包括我尤其喜爱的肖洛霍夫的《被开垦的处女地》,也只能屈居于木箱一角。那也是望柳庄呀!正是因为有了北京的这个望柳庄,我才把长安街走成了格尔木河畔铺着沙棘和骆驼草的石子小路;我才把昆仑山万古的阳光还原成绚丽的彩虹,雕刻在了我身上;我才把昆仑山与北京的距离,一颗心与一颗心的距离,浓缩在我的指掌里。我还要告诉大家一个小秘密,十九岁那年,我和战友昝义成从格尔木河里救起了一只落水的奄奄一息的小藏羚羊,我一直把它放牧在我的望柳庄里。至今我都能闻到阿尔顿曲克草原上枸杞的芳香,我要用一生的牧草去喂养这只小羊!

人到了一把年纪的时候，回忆往事就成了必不可少的程序。21世纪初，对往事的绵长思念把我又一次牵回到了格尔木。踏进这个旧地的当天夜里，我根本无法入睡，我站在望柳庄的遗址上，面对扑入眼中的一幢幢崛起的楼房、鲜亮的平房，以及宽阔公路上穿梭如织的车辆。我怎么也不敢相信这其实是我一直企盼着的一个新的格尔木城。还是转身遥望昆仑山吧，它该是旧日模样！目光下锯齿般的峰峦，像大地上一帧帧相互的木刻。望柳庄，已经身不由己地变成一片发黄的树叶，从格尔木转盘路口飘到我心中。可是昨天的语言还在叶脉中微微颤动。我的思绪沉进时间的隧道，从灰烬里追寻往日那盏灯。于是，我跟在月亮旁边一颗星星的后面，用今天仍然觉得冻僵的手，把这盏灯交到了柳树的手里……

我第一次看到望柳庄是在1959年的隆冬。那天清晨，我驾驶汽车从格尔木路口经过时，不经意间发现柳树丛中闪出三个刚劲圆浑的大字：望柳庄。字是红漆涂染，凸现在拼接的三块灰砖上。我移动了一下视线，才看到挂在树杈的一盏马灯使这三个字显出了真身。可以说，正是灯光下的这三个字，把我长途跑车带来的疲累抚摸得干干净净乃至于无。那一刻，当空的月牙儿很宁静地悬在夜幕上，挤眉弄眼地好像对我提示着什么。我再仔细地打量了一下，此处原来是一个小院落的门楣。四周并不是很高的围墙，紧凑了院中的一栋二层楼房，在柳条的半遮半掩下显得格外宁静。也是在这时候，我才发现院子里的一侧，有一个人正用扫帚一下比一下有劲地清扫着地上的落叶和尘杂。我不得不这样想，新的一天即将开始，这里的主人不允许他的院里有些许杂物染地。一把扫帚使这个小院变得豁然明亮。在山野放飞了数天的我，突然有一种回家的温暖感觉。那时候的格尔木，虽然结束了六顶帐篷起家的历史，但是依然赤地千里，一片秃野。想象力再丰富的人，也难遏想出它后来在不长的一段时间，会成为世界屋脊上一座重要城市、西部化工城、盐都。柴达木盆地的察尔汗盐湖给它镀上了晶亮的光泽。我记忆犹新的是，当时我到格尔木虽然是青藏公路通车的第四年了，但看到的仍然是一排又一排坐落得并不很整齐的土坯垒墙、茅苇压顶的平房外，再就是傍依着土坡、塄坎建造的半地下半地上的窑洞房。当然还有一些圆木式的帐篷房——这在军营或医院可常见到。望柳庄这栋二层楼房虽然很简陋，但可算是鹤立鸡群了。风沙昼夜不歇气地扑打着望柳庄四周那些低矮的、还没有来得及站稳脚跟的土房草舍。昆仑山肩头原本亮着豆子大的星星，在风吹沙打中也变得像针尖那么一点点了。说起格尔木的风沙，还有一个与我有关的故事哩。故事说的是一首顺口溜的诞生。那时候我已经可以写出一些小文章，在报纸以及像《连队文艺》这样的部队刊物上发表了，反正在我们部队是小有名气的。一天，我们的车队在昆仑山下小歇，冷不防就刮起了漫天风沙，人和汽车都被糊在了风沙中，一张口说话满嘴都灌满沙子。我和几个战友就顺势凑了几句形容风沙大的话，大概意思是：天上没有鸟，地上也不长草，满眼是风沙，石头跟风跑。当时我们的排长李黑子在一旁说了一句："什么石头跑，汽车都快被吹倒了！"哦，我心头一亮，最后我和大家修修剪剪就把那几句话变成了："地上不长草，天上无飞鸟，遍地黄羊跑，风吹汽车倒。"在这个顺口溜里，我最欣赏的是最后一句，不仅具有浪漫色彩，而且把风沙与我们汽车兵的生活关联起来了。文学源于生活，又高于生活，这就是见证。这几句顺口溜一诞生，就被我们这些走南闯北的汽车兵背得滚瓜烂熟，随着我们的车轮在青藏线上四处疯传。我真的好佩服那些扎根在这片荒原上的哈萨克牧人，他们赶着羊群早出晚归，没有一日缺牧。归牧时，我每每看到牧人赶着羊群的情景，总觉得他们是赶着白毛风来了。荒郊野地，这种感觉没有浪漫，只有凄凉。就在这样一个地面上，猛乍乍地冒出一个望柳庄，不叫你想到家的温馨才怪呢！

我探源到望柳庄的历史是在1960年，我到格尔木的第三年。我利用一个没有上线执勤的休息日，到青管局（全称青藏公路管理局）找到了一位同志，他给我讲了望柳庄建立之初的故事。望柳庄始建于1956年6月25日，日期这么具体当然不是信口开河说出来的，那本《格尔木西藏基地》史志书中有记载。望柳庄的正规名称是青藏公路管理局招待所，一度亦叫青藏公路管理局交际处，承担着各级领导干部和进出藏人员的住宿接待任务。招待所为什么要叫望柳庄呢？这不得不提到慕生忠，是他的杰作。

头一年，他率领人马上高原修路前，路过日月山下的湟源县，他抽出两辆大卡车，拉运了饱饱的两车树苗——柳树、杨树。一位有心人在树栽好后点了点数，共一百二十棵，杨树和柳树差不多各占一半。将军和大家一起刨坑埋苗，他要求杨、柳分栽。他说："有树必有村，或者用老百姓的话说，就是有村必有树。咱们现在有了树，村庄呢，自然也会有的。"他指了指那些杨树，"就叫成荫村吧！"又指指那片柳树，"那是望柳庄。"大家不解，就问："取这名字有啥讲究？"他答："望柳成荫嘛！"大家拍手称赞，好个闪亮的绿色梦想。这片青嫩的树苗心照不宣地把栽树人的目光抬到了远处。

人们对这位修路的将军已经凝望已久，所有人的想法，比不上他的一个点头。虔诚的格尔木人就顺水推舟地把建在柳树一侧的招待所称为望柳庄。又过了不久，格尔木修建起了澡塘，人们取名"望柳池"。望柳池虽然离柳树有一段不算近的距离，但它的水脉连着那些柳树的根须。不是吗，所有的诗情画意都在生活中，你我他都可以入诗。怕就怕诗的浪花已经在你的手心发了嫩芽，你还哼唱着地老天荒。

人们怎么能忘掉挂在柳树权上的那盏马灯，那是将军让一位骆驼客挂上去的。还有人说，原本就是将军亲手挂上去的。他的创意太精妙了，说："格尔木有树了，这是千年万年头一回的喜事，要让大家都能看见这些树，夜里也要看见。"马灯就这样上了树，整整挂了七天七夜。

那个年代，昆仑山还没有电灯，马灯的光焰就是格尔木人心目中的电灯、小太阳。人们从四面八方涌来看树，好新鲜，格尔木有树了！无论怎么翻来覆去地看，无论一天看几回，心头的快乐都放泄不完。清晨有人拨捻，傍晚有人添油，马灯白天也亮着。那是一缕阳光潜入到灯芯，温暖还在，光明还在！

望柳庄模样的改观是在格尔木有了砖瓦厂以后。1957年，只有几间草棚搭起的砖瓦厂在格尔木河畔建起。6月，试验烧出了青砖一百万块。这出厂的第一批青砖完全可以称作是格尔木这个城市的基础砖，如何使用它，有关人员着实费了一番脑汁。最后还是将军发了话："用它在望柳庄建房吧！毕竟那是咱格尔木的门面。"就这样，望柳庄的帐篷房换成了二十多间窑洞式瓦房。两年后，又修建起了招待楼，成为格尔木"最高档次"的服务接待中心。只是"望柳庄"那三个红漆字依然亮亮地晒在新换的门楣上。我就是在这时候初识望柳庄。

必须要走过一条堆积着冰凌沙石的不通畅的路，必须要忍耐一段漫长而枯燥的时光，格尔木才能到达要抵达的地方。望柳庄让长途跋涉抵达它的人一见倾心。

我真的难以忘掉我和我的一车不相识的战友，在望柳庄吃的那顿饭。那一年，我国边境发生了一场战争，国门窜起狼烟。人民解放军为了捍卫我国的尊严，奋起迎战。我们称为边境自卫反击战。当时，青藏地区无铁路也无航线，特别是西藏，凌乱、闭塞，仿佛永远是冬天。现在战争来了，最忙碌的是我们这些高原汽车兵，运兵运粮运弹药。日行千里，夜走八百，飞轮碾得公路都发软冒烟了。我的驾驶技术在全连打个七十分算个中等水平，还要高抬贵手。昼夜连轴转跑车，我很吃力。排长不放心我放单飞，头两趟任务都坐我的车，说是深入实际，实则是暗暗地给我保险。跑了几趟，见我练得顺当了，他才撒手。那段日子，我们这些汽车兵满脑袋就塞着四个字：多装快跑！我们连有个驾驶员从甘肃境内的兰新铁路峡东火车站，装上急需的战备物资运到拉萨，六天六夜往返。任务完成了，他也累倒在昆仑山中。平常这趟任务跑下来要耗去差不多三十个日出日落呀！这位老兄终因劳累过度，抢救无效去世了，昆仑山下又添了一座新坟。从冀中平原赶来的五十多岁的老父亲，抱着二十岁儿子的尸体，呼天唤地地嚎叫着，感受着死亡的剧痛。战争会打乱人们平静的生活常规，军人首当其冲。那个战友是在深冬的雪天离开他的亲人的，我们用冰雪冷冻了他的尸体，为的是让战友们多陪他一些日子。这个冬天，昆仑山的暴风雪放肆地飞舞在我和战友的飞轮前，它原想使我们翻船，没想到却成了我们前行的动力！

没有什么更能像战争那样把人心凝聚在一起，把人的境界提高到新高度。我的话题还是回到望柳庄的那顿饭上吧。我所在的汽车团那时风风火火地投入到那场自卫反击战的战勤运输中。战事繁重且火急，我们恨不能将车轮变成翅膀飞起来。那天，我的车上拉着一批进藏的兵，没想到车子在察尔汗盐湖抛了锚，变速箱损坏得太严重，途中根本无法修理，只得让助手昝义成拦便车到格尔木军营去联系修车事宜，我留下来看守汽车。车上的战士们原地待命，依然规规矩矩地待在车上，不得远离。这是军队的纪律。

我们抛锚的地方离格尔木大约一里路，徐徐降落的夜色使它变得漫长。夜幕中，前方那稀稀落落、闪闪烁烁的灯火显得很遥远。有时灯火隐去了，蒙蒙天幕上瞬间就显出昆仑山的影子。有时灯火亮了，山与天反而模糊成了一片暗影。不知什么时候飘起了雪花，整个夜晚都好像软了，绵绵地滑入远处。抛锚的汽车很快就被白雪覆盖得变成一堆雪丘了，仿佛一座孤岛，停在茫茫不知彼岸在何方的海上。那些战士们仍旧纹丝不动地坐在大厢里，他们是这雪堆里的小山包，自然是积雪的小山包了。没有命令他们是不会动的。我着实心疼战友，便让他们把篷布摊开盖在篷杆上。这时大概是他们的排长洪亮地喊了一声"起立"，战士们才起身七手八脚地撑开篷布。

也许读者会生疑，战士们在风冷发寒的高原上乘车，大厢里的篷布为什么不早早地撑开，而让战士们光头秃脑地坐在露天里挨冻？其实这是迷惑敌人的一种战术。边境的战争打响后，敌人误以为我国在边境布兵少，实力空虚，不断滋扰闹事。我们将计就计，沿青藏公路运送一批兵力进藏，吸引敌军注意力，将兵力隐藏在暴露的事物中。这样可以麻痹敌人，让前方的军队乘机歼灭来犯之敌。

待雪稍有缓落时，排长自然会掀掉篷布。但是，这雪丝毫没有停歇的意思，且越下越大。那些在夜风中旋转的雪片，完全消失了原本洁净的质地，变成了一个个黑点。只有在不知从何处闪射来一点或一道光亮时，雪片才恢复了白色。黑夜无边，雪片照旧在时白时黑地开放着。我想，今夜不知有多少星辰死去。

我看守的汽车上积存起越来越厚的雪花。战士们在车篷的保护下静静地等候。那些覆盖着生命的雪花一直开在消失之中。回到军营联系修车的昝义成，也许很快会返回，也许还要等他好久。我心中有些烦躁，坐立不宁。一个人烦闷的时候心里最孤独，我便抱着冲锋枪下了车，心事重重地朝着格尔木方向走去。刚走出没多远，我看到一道光亮闪过来，照亮了眼前好大一块空间，原来是一辆夜行的汽车在路口转换方向。我不知道这辆车是上拉萨还是下行到西宁或敦煌，那匆忙的闪闪的灯光告诉我那是赶夜路的车。就在车灯迎着我射来的瞬间，我看到"望柳庄"三个红漆大字很清晰地显露在夜色中。就像在荒郊野外独行的人意外地看见了亲人，我的心头生出温暖。雪夜，点缀着一片春色。

望柳庄的那位同志就是这时候出现在我面前的。他一句客套话也没有，就开门见山地问我："解放军同志，你是在盐湖抛锚的那辆军车上的驾驶员吧，辛苦你们了！"我很奇怪，我与他素不相识，他怎么会知道我的身份，而且知道我的车抛锚了？他自然看出了我的疑惑，笑了笑说:"傍晚,我到盐湖迎接客人时看到了你们,大冷天,呆在露天受罪呀!再说你瞧你这一身装扮,就是走到天上去七仙女也会认出你是高原汽车兵!"我低头看了看自己,很不自在地笑了。还真让他说着了。那个年代,高原汽车兵的形象真的就是这样的千篇一律:一身油渍的棉军衣工作服,就连毛皮帽上也渍满油腻。有什么办法呢,进口的二手柴油汽车常抛锚,哪一天驾驶员都要滚上爬下地修车,脸上蹭的油也顾不上擦。腰里扎一根麻绳当腰带,保暖。脚蹬一双短筒毡毛皮鞋……真的,就这个形象。身不由己呀,当时路况差,车况更差,汽车兵想干干净净地开车只是个梦想。不过,人的质量并不差,个顶个,运输任务完成得干净、漂亮!

我听了这位从望柳庄出来的同志很温暖的话,心里自然热乎乎的。但是并不了解他和我搭话的原因,就问:"同志,我们在那里停车是不是碍着你们什么了?"他一笑:"哪里的话,我是请你还有你车上挨冻受饿的那几十个解放军,到我们招待所暖暖身子,吃顿饭!"我有些犯蒙,吃饭?哪跟哪呀,有这等送上门来的好事?我们从早晨在柴达木盆地北沿的花海子兵站进餐到现在,还没见到一星半滴的汤汤水水呢,肚子早就咕咕地闹腾开了!

望柳庄的同志见我犯愣,便道明了原由。他说,刚才来了一批进藏的北京客人,他们忙乎了一阵子总算安顿妥了,这才腾出手来找我们,碰巧一出门就遇到了我。他误以为我是来望柳庄求援的,便说:"对不起,我们的工作晚了一步,让你找上门来了。"我忙说明了情况,他说:"好啦,不管怎么样,我们是要为劳苦功高的你们服务。这样吧,我已经给伙房打过招呼了,饭菜差不多也做停当了。你回去把那些同志都招呼过来,我们这就开饭!有什么事咱们边吃边聊。"

我就是有十双手也推不掉这份发自内心的真情,再作解释显然也是多余。我只得返回到车前,跟那位带兵的排长如实地讲了望柳庄的热情邀请。反正我们也该解决肚子的问题了,排长挥手一声"起立",一车兵排着整整齐齐的队列进了望柳庄。

我一进食堂,就看到炊事员已经摆好了三桌热气腾腾的饭菜等候我们了。满屋里都是直钻鼻孔的馨香。战士们虽然一个个都眉开眼笑,却只是木桩似的端端正正地站着,谁也不下手。引我进屋的那位陌生人——还能算陌生吗?有这样掏心掏肺的陌生人吗?——按着我双肩让我坐下,又按着排长坐下,告诉我,只管敞开肚皮放心吃饭,至于伙食费不要我们操心,吃罢饭签个字留下名字就行了,他们每月都和部队一起结账。他还说如果有忌口的同志,可以到小屋吃清真饭菜。说着他指了指旁边挂着棉帘子的地方。他还特别指着餐桌上一盘菜说:"这是野葱爆兔肉,咱望柳庄的看家菜,很受客人欢迎。"

野葱爆兔肉!我当然知道了。格尔木地面上有个可可西里草原,可可西里有个叫二道沟的地方,那是一块夹在昆仑山和风火山之间的平坝,楚玛尔河就慢慢悠悠地从坝上淌过。山是围墙,水为营养,乃青藏高原上少见的富饶地方。于是遍地就蹦蹦跳跳地长出了嫩鲜光亮的野葱。每年盛夏,一眼望不透的野葱绿汪汪、翠生生,撩拨得着实让人喜爱。正是这些散发着清香的野葱招诱来了四方山中的兔子,它们在这里安家繁衍后代。这是大自然的能工巧匠配发的一盘菜,高原人只需一伸手就可端过来。于是他们在二道沟逮兔挖葱,做出了一道特色菜,美味可口。当时流传着这样一句顺口溜:"走遍四千里青藏线,就爱吃二道沟一顿饭。"这顿饭说的就是"野葱爆兔肉",土生土长的美味,爽口舒心。

生活总是这样,一些东西渐行渐远,一些东西渐行渐近。我吃罢那顿饭,从望柳庄出来,仿佛洗了一回澡,浑身轻爽,似乎走进了另一个世界。虽然雪下得更大了,夜里照例要刮的格尔木的风也守时不误地撕破喉咙似的吼了起来,但是我浑身暖融融的幸福。不就是一顿饭的效应吗？是的，幸福！幸福是什么呢？这个字眼并非听起来那般飘渺。现实生活中，有时别人只给你一个微笑或一句温暖的话，甚至在你愁眉苦脸时轻轻拍拍你的肩膀，就是幸福。就这么简单。像今夜在望柳庄吃一顿饭，就让幸福永驻在了我心中。所以我要心悦诚服地说，幸福其实在很大程度上是一种感觉。一个人，当你可以够着幸福的时候，一定要设法抓住它！千万不要让幸福从你身边溜走。如今，衣食住行的欲望差不多都可以得到满足的人，是难以想象出我当时知足舒畅的美满心情的。望柳庄的暖流已经把我浑身的饥寒和忧怨滤掉了，我获得了重新踏上征途的那种跃跃欲试的激情。难道仅仅是因为一顿饭吗？不是。我又看到了门楣上那三个红漆字：望柳庄。出自慕生忠手的这三个字，是点燃在风雪青藏线上的三盏红灯，它游弋在高空下的昆仑山中，保存绽放在落日里的秘密。我一直在寻找故乡，望柳庄便是。三个渐渐被风雪冲淡了却越来越清晰的字，最终成了不至于让我迷途的灯塔。它永远不衰不败地贮存在了我的心里。

有了这次意外的经历以后，望柳庄留给我无法抹去的印象是：它是高原人在风雪中奔走时温馨的归家。每次出车经过转盘路口，我从那三个字上采摘一份攀越雪山的动力，双脚稳稳地踏着油门上路；完成任务收车回营走到这里，我会小憩于转盘路口，把汽车擦拭得油光锃亮。冬去春到，寒来暑往，望柳庄的精气神，把我人生路上的腐枝败叶点化成精神美食。

因为望柳庄，昆仑山上多出来一副柔肠，柳树与白雪才可以结为姐妹。这样就孕育了一首诗，当然是高原诗了。诗人陈毅元帅把自己那次青藏开山之行的心脏之音，深深地埋进了诗的断层里，我多次默诵这首诗，都仿佛听见了他那浓厚的四川腔音：

昆仑雪峰送我行，

唐古雪峰笑相迎。
唐古雪峰再相送，
旭角雪峰又来迎。
七日七夜雪峰伴，
不苦风沙乐晶莹。
同人举杯喜相贺，
转车已过最高层。
明日拉萨会亲友，
藏汉一家叙别情。

　　这首题为《乘车过雪峰》的诗，写于1956年4月，是陈毅元帅率领中央慰问团赴藏参加庆祝西藏自治区筹备委员会成立大会途中所作。在这首诗里，"雪峰"是诗魂，"乐晶莹"是诗眼。我怎能不佩服诗人呢？在这个内地早已是莺歌燕舞的春天的4月里，他面对满身披雪的昆仑山、唐古拉山，不恋出发地京城的鸟语花香，却是激肝动肺地喊出了"乐晶莹"！春天储藏在白雪之中！这是具有大善、大美胸怀的人才敢出口的气派！不是说吗，你看不见太阳是因为你正看着太阳。陈毅元帅肯定是正看着风雪之中的春天哩！那么他是站在什么地方看雪峰呢？
　　望柳庄。
　　诗人进藏途经格尔木时，住在慕生忠办公兼住宿的那座二层楼上——后来被称为"将军楼"。说是楼，其实就是一座砖木结构的可以分两层的房子，今天仍然保存在原址上，周围任意一座居民房与它相比，它都显得寒酸。五十年前它是格尔木最豪华的建筑了。陈毅元帅来格尔木之前就听说望柳庄了，他问慕生忠："为什么不让我住望柳庄？"慕生忠回答："这里毕竟是我的家，总是要方便些。"陈毅元帅说："我看还是望柳庄好，有诗意，诗人总是喜欢诗嘛！也好，不住也罢，但我要去看看!"后来,元帅果真到了望柳庄,他站在正要抽芽发青的柳树前,凝神聚目地望着门楣上那三个红漆大字,久久不语。想什么呢?这三个诗意饱满的字,是不是牵拉着元帅的思绪,使他想挣脱又无法挣脱。也许他超前地想到了唐古拉山雪峰,想到了站在望柳庄前举目南望就可看见的昆仑山雪峰?……不得而知。但是后来随行人员证实陈毅元帅到了拉萨后在闲聊时还几次提到了望柳庄,甚至颇为遗憾地感叹:"这个慕生忠呀,不懂得我陈毅的心,嘛个不让我们住在望柳庄呢!望柳庄啊望柳庄……"我是从一份资料上发现陈毅元帅在拉萨感慨没住上望柳庄这个细节的,我如获至宝抓住不放。我为什么这么兴奋呢?陈毅元帅,诗人的特质,诗一般美妙的性格!灵魂的颂歌总不会在安乐的别墅里,荒茫的原野、壮美而凄丽的雪山,才是诗人艰难放逐的天地。不穿靴子,赤足攀走雪山,这就是写诗的姿态。完全可以推知,陈毅元帅从格尔木到拉萨,大概一路上都在思索望柳庄。思索即沉默,沉默是一种力量,诗的力量。所以我始终不改变这样的推断:望柳庄是陈毅元帅精神发光的一个因子。一个作诗的人,精神不发光怎么能有横空出世的诗句呢?而现今的一些作家诗人呢,骨子里也许不缺祖先留下来的东西,缺的就是一种完全陌生的东西与传统碰撞后的火花,即缺乏发光,也就是缺"望柳庄"。因此,我每次读《乘车过雪峰》时,总会这样想,这首诗很可能孕育于望柳庄。望柳庄住着这首诗的第一声啼哭。我这样推断还有另外一个情理之中的根据:陈毅元帅到了拉萨后,他提出要在拉萨河畔植一棵树,柳树。栽柳树的首个原因,自然是与文成公主有关了,当年这位公主在大昭寺前栽的那棵唐柳,仍旧枝青叶茂地活着,元帅怎能不感慨有加呢?再有,望柳庄的柳树想来恐怕也不会不走进元帅的脑海。他提出栽柳树,可西藏的同志另有考虑:栽苹果树。当时西藏没有苹果树,藏族同胞像盼仙桃似的向往着美味可口的苹果。陈毅元帅便弃柳栽果,三年后这棵树就挂果了。西藏诗人汪承栋写的叙事诗《红元帅》就记述了这件事。

对《乘车过雪峰》，我尤其喜爱"唐古雪峰笑相迎"和"不苦风沙乐晶莹"两句。一个"笑"、一个"乐"字，透露出壮阔与豪迈及阳光的色泽，将诗人广阔晶美的胸怀展现得淋漓尽致。只有带着充满深爱和感恩的情绪进入雪山，才可能感受到这块冻土地上的温暖和力量。我每次读这首诗，都会被诗人身上那种豪壮中透露出的无与伦比的安闲士气深深打动。汽车在高原山水间疾驰，我耳畔响起了画外音，那是陈毅元帅的诗音。我记得很真切，那天到了唐古拉山正逢满天雪花飘飞，我自然而然地想起了陈毅元帅这首诗，便不由自主地朗诵了一遍。专注地高声诵读，巴不得将五脏六腑都吐在风雪里，吃了满嘴的雪竟然觉着很幸福。我是从来不会有这样的举动的，同行的青藏兵站部宣传干事王鹏觉得听我朗诵还不过瘾，他又敞开高亮的嗓门朗读了一次。说实在的，此时此刻此地，我们对这首诗的悟会已经开始进入它的内核，它撞乱的也许不仅是高原生活，而是记忆。四季风狂雪猛的青藏高原照样会有春天，春天在高原人的心里。说到底，每个人的春天只能靠自己去创造，靠别人是不成的。我们要呼唤人们珍惜和爱护自己的春天，一个人仅仅能创造春天是不够的。

我从《格尔木西藏基地》一书中得知，进藏途中经格尔木时在望柳庄落脚的领导，还有彭德怀、习仲勋、班禅额尔德尼·确吉坚赞、张达志等。这些领导的住地均有战士站岗。格尔木没有警卫部队，遇到这种情况就从驻地的汽车团抽调兵力，汽车兵转身就变成了警卫战士。谁都巴不得这样的美差摊到自己头上，脸上多有光呀！能理解吗？平日总是穿着油腻腻工作服的汽车司机，今日奔昆仑，明日赶藏北，白天开车，夜里还要在车场站岗放哨，荒天野地，守卫的是汽车和承运物资。现在能换一身新军装为国家领导站岗，自豪感还不写满脸！在他们的心目中，那就像在天安门站岗一样光荣。虽然这样的执勤只有几天时间，有时甚至就一个晚上,可是这是不能也不该用时间长短去掂量的呀!肩头的责任增加了他们对脚下这块高原土地的热爱。

> 我的眼睛像天边的星星一样明亮,
> 移动的脚步像吹过树梢的风一样轻盈。
> 格尔木在沉静与安宁中睡去,
> 哨兵醒着。
> 后半夜,突然飘起了雪花,
> 雪片落在我的耳朵上,
> 好像要听我说句话,
> 却很快化成了水滴……

不怕你取笑,这首题为《望柳庄的哨兵》的诗就是我在望柳庄执勤后写的,它刊登在我们连队欢庆国庆节的墙报上,当然很幼稚了,但是今天每每读起来还很留恋过去的日子。"雪片落在我的耳朵上,好像要听我说句话,却很快化成了水滴。"这样奇妙又真实的诗句,亏得只有十九岁的我想得出,真的,多好的高原生活呀!请今天见过大世面的人理解高原战士吧,他们终年生活在遥远又封闭的大山里,望柳庄就是他们心目中神圣的殿堂!

意味深长的是,站岗的多数战士并不清楚自己是为哪一位领导站岗。这本属机密,当时不会告诉外人。只有在领导离开格尔木之后,战士们才会从报纸或人们的传闻中得知是给什么人站岗。我的同乡战友、曾经创作了反映西藏生活的长篇小说《崩溃的雪山》的军旅作家窦孝鹏,告诉我他 1960 年在望柳庄为班禅额尔德尼·确吉坚赞站过岗。如今,他重提此事仍然有抑制不住的激动。可是我查了有关资料,班禅在 1960 年前后并没有到过格尔木。可见窦作家至今也不清楚自己是为哪位领导站岗。

下 篇

生活中总是不断出现未知的下一刻，这也是人行进的动力之一。

1989年6月的某日，我参加总后勤部举办的青藏线文学创作笔会，在高原奔去走来地颠了一圈后，落脚在格尔木写作。那天早晨，我清醒地踏着这个城市早早响起的车笛声在望柳庄前散步。我很喜爱沉睡初醒的格尔木早晨，长一声短一声的车笛只会增加这个边城的幽静。夏风把天空打扫得干干净净，远处的昆仑山纹丝不动地卧在蓝天下，草原和戈壁相间着铺展在山前，早起的几只鹰在蓝天下慢条斯理地划着十字。牧羊女赶着一群羊边走边唱着草原的歌儿，引诱得离我不远处的一块卧着的石头仿佛也要忍不住地站起来去吃草。此刻，我对这些似乎并没多大兴趣，而只是在望柳庄前寻找。是的，我要寻找。寻找只要我来到这个城市就不得不找的一棵树，或者说几棵树中的任意一棵树。我要从一棵树走进一个人，再从这个人走进一座城市。这棵树就是慕生忠将军当年栽下的那棵柳树，那棵曾经挂过他的马灯的柳树。我深深知道我在高原已经走过的路远远不及未走的路，这棵我找了几十年一直未找到的树就是证据。但是我也清楚，在将军离去的这些年，它一直吮吸着昆仑山的雪水年年月月地生长着！我怀念这棵树，要找到它，哪怕它只给我一片叶子，那也足以让我跋涉世界！我在寻找这棵树。

我问过路的蹬着自行车的小伙子："望柳庄有棵将军柳，你知道吗？"他连自行车也没停下就说不知道。我又问背着书包上学的小姑娘，她抬起眼皮望了好久，好像在望一个外星人，然后摇摇头。还有一个战士，我问他："你知道慕生忠将军吗？"他回答："在格尔木谁能不知道慕生忠呢？可是将军柳，我还真没听说过，你问他吧！"他抬起手臂指着左侧的路边。

那里有一位老人正面朝昆仑山做着太极拳，两只手互相交换出来慢慢悠悠地移动着，似在水中摸鱼。他显然听到了我刚才询问路人的话，这时，他中止了打拳动作，不等我开口就直言问我：

"同志，你在找将军柳吗？"

我走上前，站在了老人面前。他霜染须眉，刀刻前额，好个从岁月深处走来的老而不衰的格尔木人。我很谦诚地对他说：

"是的，我在找望柳庄前的第一棵柳。"

"为什么要找第一棵柳树？"

"老人家，你这一问还真把我问住了，我也说不上来为什么，就是想看看这棵柳树。看见它我就会想起一个人。"

"这个人就是慕生忠！"

"没错！就是慕生忠将军！"

老人很兴奋地伸出手来和我使劲地相握，竟然让我感到了疼。他说："你是个好人，有良心的好人！"他这样说着，就领着我走了几步回头路，在一棵半侧倒半站着的柳树前站定说：

"我觉得它应该是望柳庄的第一棵柳树了，起码是第一批出现在格尔木的柳树中的一棵。几十年了，你瞧它已经枝枯叶黄，只剩下坚硬的树枝，这是它的骨头。它睡着了也不愿散架！"

我仔细打量这棵柳树，没有合抱粗的树身，也不是那种可以与五六层楼房比高低的敦敦实实树干。然而经过高原风雪浸染过的铁青的颜色，呈现着不动声色的坚毅和冷静。从地层深处吐出地面的三枝根条，喷薄着不示弱的力量。我无法看到它的年轮，但我坚信，它的年轮肯定会像老唱片上那些脉络清晰的刻痕，收聚着它数十年在格尔木走过的所有路程和非凡回忆。我怎能不赞佩老人对它的评价呢，"它睡着了也不散架"。只是我要再加一句赞语：它只是小憩，一定会再睁开眼睛，看看今天日新月异变化着的高原新城!

我把目光投向老人,他用暴着青筋的粗瘦的手抚摸着柳树的身段,是那种心疼的、依恋不舍的轻轻的抚摸,嘴里喃喃地念叨着:"是老树了,也该老了!孩子,你怎么会老呢?"听,他把柳树叫孩子!这完全像当年栽树人或当时在栽树现场的人的口吻。我忽然觉得他好像知道许多关于望柳庄的故事,那些故事一直就攥在他手里,他也总想把这些故事撒出来,却苦于没有让故事落地生根发芽的机会——我也弄不清楚为什么会有这样的感觉,完全是瞬间冒出来的一种感觉。感觉这东西实在奇怪,它往往是在你没有任何思想准备的情况下转瞬之间的一种感动。它甚至不依赖现实和现状,往往在"应该"的掩护下驱使我们不由自主地做出一些本不那么应该的事情。但是它可以得到验证。此刻,我突然感觉到站在眼前的这位老人满肚子都是格尔木的故事,他可以给我讲许多关于望柳庄的事情。他像这棵老而不衰的柳树一样,落根青藏大地,路远、天长,怀抱着幸福的痛苦,天荒地老。容易吗?于是,我试探着却又是充满希望地问了他一句:

"老人家,我如果没猜错的话,你和将军有过交往?"

他立马兴奋起来:"感谢你能这样理解我,我是当年跟着将军修路的骆驼工,青藏公路是将军带着我们骑着骆驼修出来的!不瞒你说,在望柳庄栽树时我虽然没有挖坑扶苗,可我却亲眼见证了这里的柳树和杨树是怎样栽起来的。"

我在望柳庄就这样意外地、又在情理之中地遇到了这位格尔木老人。他把我带进了遥远的岁月,那个岁月山高水长,我们都山高水长。那个岁月是由热血和激情组成,我们也跟着豪情激荡。他抖露出了记忆中全部的雪,才找到了难以融消的那堆篝火。人生就是这样,前路上常常会遇到看起来比一切山峰还要高的星星,比一切冰河还要寒冷的月亮。一切都会成为过去,因为你选择了应该有的位置。

老人叫马正圣，六十八岁。他牵着骆驼把路修到拉萨后，没有回老家甘肃民勤县，而是留在了高原上，还把新婚不久的媳妇也拽上了格尔木。他握着那把修路时磨秃了的铁锹，在昆仑道班当了一名养路工，直到退休。你不能不佩服人的丰富阅历这个宝贝，马老的脑子简直是个故事篓子，提起来轻轻一抖搂就有一嘟噜一嘟噜的故事淌出来。那都是我闻所未闻的格尔木故事，让渴求认识高原高原新世界的我大开眼界。其中有这样一个故事，我相信能让每一个在世界屋脊上跋涉的人从三月的寒冷抵达六月的艳阳：将军带领大家栽在望柳庄的树，落地生根，成活了一批。树苗一天一个模样地窜节节长着，给它喝一盆水它窜一节个头，给它喂一把肥它也添一片细叶。望着这一片被绿苗染得青翠蓬勃的土地，谁的心头都溢满了幸福。准确地说，那应该是一种提心吊胆的幸福……格尔木的荒凉土地上何时有这样的生命景象。大家担心的事还是无法避免地发生了，不少树苗在呈现了短暂的旺盛生命之后，像走累了的人卧在了戈壁滩，死了。将军不是第一个发现树苗死亡的人，却是最先站在蔫头耷脑的树苗前沉思的人。许久他才发话："这些树苗死了，我们不要随便把它们扔掉，应该挖坑把它们埋在沙滩上，还要举行个葬礼。"稍停，他又说，"它们毕竟为咱们绿了一回，让我们看到了自己的春天。这些树是有功之臣！"大家照办了，一排土丘下安葬着死去的树苗。同志们实在太怜悯这些树苗，像它们活着时一样，三天两头给它们浇水，将军也常常把自己洗漱过的水泼在树丘上。奇迹发生了，次年夏天，一棵死去的柳树防不胜防地在墓丘上发出了新芽，死而复生，后来竟然长成了一棵大树……

马老从往事中收回思绪，对我感叹："树也有情，在天之灵回报将军之恩，它不愿离开格尔木呀！"

我追问老人："那棵柳树呢，现在还能找到吗？"

他坦言，满脸神秘的喜悦："这，你就不懂了。什么那一棵？十棵八棵也不止呢！"原来，死而复生的树后来在格尔木不断出现，这可把格尔木人高兴坏了。就说将军带领大家在望柳庄栽的那些柳树、杨树吧，确实死了很多，但在第二年甚至第三年重新扬眉吐气地冒出新芽来的也不少。这种看似反常的现象在此后的许多年内，竟然成了格尔木人植树的一种经验。说经验也许有点欠妥，算是栽树人的一种期待吧！头年埋坑栽树如果没有逮住苗，你别放弃，等第二年第三年春风吹动望柳庄前的风铃时，说不定福音会来。关键是要有耐心，等待！

没承想还有这等事！我沉思内中奥秘，又请教了别人，才有所悟。落日极尽铺设，流水往返流连。戈壁莽原万物不生，但地气长存。雨水雪水落在上面，成了涓涓流水，这水没有机会滋养植物，只偶有动物舔过，留下了蹄印粪便，储存起营养。之后，又蒸发成云雾，然后再度变成雨雪重新回到地面。周而复始，这雨水雪水就具备了别处的土壤无法比拟的富饶。它滋养落地生根的植物，创造奇迹。

我突发奇想：在格尔木，人和看家的狗生死轮回只有一次。可是如果爱上一棵树，和树生个儿女，说不定会几度绽放新芽！不要笑我太痴，乐得开个玩笑罢了。还是说马正圣老人吧。他对我说："你想找到那棵被将军和大家浇活过来的柳树吗？难！谁知道它被这一片树木淹没在哪个犄角旮旯里了！"他说着用手臂在望柳庄画了一个圈，给人的感觉是他要把整片树木都揽抱在怀！就是在那天，马老给我传递了一个从天而降的喜讯，他说慕生忠将军近日要回格尔木。一阵春风吹过格尔木，大街小巷都塞满快乐的音符。英雄回到了历史，鹰回到了天空，人们像盼着亲人似的盼将军回来。马老又告诉我，喜讯是传来了，可是却不知道将军回家的具体日期。为此我心甘情愿地推迟了去拉萨的行程。但我在格尔木快乐地等候了一周，也未见将军回来，只好直奔拉萨。半个月后将军才风尘仆仆地到了格尔木，可我已经返回了北京。我这一生中很可能只有这一次可以见到慕生忠的机会，但擦肩而过了。毕竟有过，就收藏在心中，权当夕阳换成了日出！据那次见到将军的人回忆，他执意要住在当年他的办公室兼宿舍的那栋楼上。当他踩着台梯登上二楼时，整个楼都在颤动，他感慨地说："老了，它也像我一样老了！"他只在将军楼住了一天一夜，大家觉得这简陋的地方实在太委屈他了，便劝他搬到了市里的一家饭店。

第二天早饭后一撂下筷子，将军手一挥就说："走，看看去！"谁也没问他看什么，就跟着他把车开到了望柳庄。这里是最让他牵挂、最让他心动的地方，当年他们在这里亲手栽下了一片树，姓杨的姓柳的树。今天看来，栽几棵树那是多么小多么卑微的事。没有汹涌澎湃，只需诚挚感人。正因为有了这种卑微，才获得了那么多高原人的爱戴，才诞生了一个城市。因为这种卑微就是这个时代大部分人的徽记。此刻，将军站在柳树林里，深情万种地看着只能算是遗址的望柳庄。昔日他熟悉的那个院落已经不知去向，唯有那座简易楼房还缺窗少门、孤独无助地立在乱草丛中。那仿佛一伸手就能推塌的楼架，像终止的河流，使他懂得了当年苦涩生活的滋味儿。但是他至今也忘不掉那些温暖甚至寒冷的日子。楼下有人搭起了一排很不讲究的平房，显然那是私搭乱建的小店铺，有些是外地来格尔木打工的人的住宅。其中有一间房的门楣上赫然写着"望柳庄西格办招待所服务部加工面条"，头重脚轻，只不过是间压面房而已。斜对面就是格尔木西藏办事处的院子，那扇过去他开会时常进进出出的青砖垒起的小门，已经被新修起的铁栅栏大门代替。他清楚地记得，有一次一块半截砖从门墩上掉下来砸在路人身上，到现在他回想起来心里还疼。稍远一点的地方，是格尔木最早的商场和新华书店的旧址，眼下立起了几栋不知是住宅还是办公的楼房，楼顶上展示在蓝天下的那面红旗卷着微风响动着一种微妙的声音，格外让人动心。他回转身就看见格尔木转盘路口依然车水马龙，车流的分向十分清楚，上拉萨的都是承载着沉重货物的实车，回西宁的车多是轻松奔跑着的空车。

还有，奔向敦煌、芒崖的都是些油罐车……与昔日大为不同的是路面宽阔了，车辆也都是擦拭得干干净净的国产汽车。繁忙的轮印有层次地印在转盘路口的每处地面上。当年，将军就是从这个路口骑上骆驼踏上给西藏修路的征途。仍记得那峰骆驼在他骑上驼峰之后，只是高仰起头长嘶慢叫，就是不肯迈步向前，还是两个骆驼客撅动骆驼的屁股，它才很不情愿地抬起了蹄子……

将军站在望柳庄前望不够久别重逢的格尔木。就在他正要拔腿准备离开时，一转身看见紧靠马路的墙角里，蜷缩着一个蓬头垢面的老人，正战战兢兢地打量着他们。老人怀里抱着一只小黄狗，一手端着一个破碗，不住地从碗里抓一把什么喂小狗一次，又喂自己一次，反复重复这样的动作。突然，老人冲着人群高声喊道："买一个儿子要多少钱？"随行人员告诉将军那是一个精神异常的人，前年他的儿子死于转盘路口的一次车祸，之后，他就精神失常了。他每天早晚都守候在转盘路口，乞讨为生。将军站在原地沉思了许久，自言自语地说了一句："哪个城市都有一些痛心的伤疤。"格尔木已不是原来的格尔木了，远方却依然还是远方。远方的城市也有伤疤！

格尔木河把时光带走，留下一望无际的苍茫——将军的思绪从沉思中走出来后，才发现他的身边已经涌满了人，全是他不认识的男男女女，个个都举手摇臂地要和他握手。熟悉的地方却没有他熟悉的人。时代前进了，年轻人走到了前台。他不认识这些新一代的格尔木人，可是这些人没有不认识他的，虽然其中的绝大多数人也没和他见过面，但是他们从书本上、电视上，特别是从老一辈格尔木人的言传身教中对他了如掌指。这时大家簇拥着他，高声喊着："慕政委，给我签个字！""慕政委，我想跟你合个影！""慕政委，我家的宝宝想你亲亲他！"……慕政委——这是他当年修青藏公路时的职务——修路总队的政委。一直到今天，大家还是这么称呼自己心爱的将军。他一下子觉得热血涌满周身，变得年轻了！那时候他才三十岁出头，他真想停下脚步回到从前那个火热的日子里。那是多么好的日子呀，那一伙血气方刚的弟兄们在他的带领下，用十分简陋的洋镐洋锹这样原始的工具，硬是义无反顾地在世界屋脊上修出了一条公路。他爱那个时代，爱在那个时代里抡起胳膊跟着他风风火火修路的格尔木人。他说："亲爱的新一代格尔木人，你们离我近一点，再近一点吧，我要好好地看看你们，因为你们身上仍然燃烧着那个年代的火焰。对啦，这么多人的要求我不可能都满足，但是那个小宝宝我要抱一抱他，我答应他。我相信他会成为咱们格尔木人有出息的后代。强将手下无弱兵嘛！"将军说着就从一位妇人手中接过孩子，用他蓬散着胡须的下巴偎孩子的脸，然后把孩子举起来。他把孩子还给妇人之后，让大家静下来，表达了自己此刻的心境：

"今天看到你们这么生龙活虎地生活在格尔木，我实在太高兴了。20世纪50年代，地图上刚出现'格尔木'这三个字时，这里还是寸草不生的一片荒滩。彭德怀元帅和陈毅元帅来这里视察，他们面对荒原鼓励当时的开拓者说：'你们要用自己的劳动双手，在这里建成一座美丽的高原大城市，留给后人。你们总有一天要离开格尔木的，这座城市将永远地留下来！'今天两位元帅的愿望已经变成现实了，我怎能不高兴呢？我也是替两位元帅分享高兴！我已经老了，我知道在这个世界上没有我的几年生命了。我不怕衰老，怕的是衰老以后塌垮站不起来！"

又是一群人喜气洋洋地涌上来要和将军合影，他一一答应。他如鱼得水，对举着照相机的小伙子说："多按几下快门，多拍几张。这些照片洗出来后都要给我一张，我已经好久好久没有像今天这么高兴了，和你们在一起我也年轻了！"

其实，这并不是慕生忠将军离开格尔木后唯一一次回来。在这之前，1982年8月13日他第一次重返格尔木，在这之后，1993年8月20日他第三次回到格尔木。七老八十的人了，一而再，再而三地迷恋和醉心同一个边远的地方，图的什么？肯定地说不仅仅是因为这个地方曾经泼洒过他的心血和汗水，还因为作为一个开拓者他要让他这一辈人的生命延续。他不愿意看到就在他停止呼吸终止生命的时候，他和他的团队在那样举步维艰的年代，生机勃勃开创的格尔木失去本色。别人说他是一只始祖鸟（格尔木鸟类的鼻祖，繁育了一批生龙活虎的高原鸟类），这，他承认。只是总有一天，他会变成史前的化石。那也心甘。正因为我是这样解读慕生忠的，所以我尤其要提及他1993年这一次格尔木之行，因为一年之后即1994年10月19日，他与世长辞。子女们按照他的遗愿，将他的骨灰撒在了昆仑山上，魂归故里。他生前多次讲过，格尔木就是他的家。

将军第三次回到格尔木，莫名其妙地有一种陌生感，说是伤感也可。格尔木变得崭新，他无论如何认不出来了。他力不从心地到处看这个原本熟悉的城市变得陌生了。

他已经明显地感到自己的生命快走到尽头，来不及看更多的地方了。但是步履艰难的老人却不甘心，他一再对陪他的同志说："正因为看不到更多的地方了，我才要抓紧看更多的地方。"他心急腿慢地走着，实在走得吃力了，就坐在汽车上看。能去的地方哪怕是边边角角，他也要去看看，问话也多。

"二十七亩园呢？我要去看看！"他忽然给陪同的同志提出了这个要求。

"二十七亩园"是将军当年修路时和后勤的几个同志开荒出来的一块菜地，以种些蔬菜给前方修路第一线上的同志饭碗里添一点绿色，用今天时髦的话说"增加点维生素"。上顿下顿都是白水煮饭或者辣子蘸馒头，喉咙眼涩得确实咽不下去了。可是他们把菜籽埋进土里，根本逮不住几棵苗，好不容易见到几棵苗，长着长着又死了不少，挣死挣活地保住了一些苗，主要是萝卜。可是那能叫萝卜吗？小拇指那么粗，硬梆梆的像木头，嚼半天才能嚼出点菜味来。就这，大家吃得满嘴流油似的香。每个人一星期也难得见上一个萝卜，更多的是让给了病号。现在将军要去看"二十七亩园"，那是他要重温当年的苦涩生活哩。同志们告诉他："政委，'二十七亩园'只留下一个空名字了，早就被压在一栋楼房的下面了！"将军说："那我也要看看它是怎样托起这一栋楼的。"来到"二十七亩园"旧址前，将军左看右瞧地打量着那栋楼房，看了又看，说："这是一家饭店吧？"大家说，是。他又说："要告诉这个饭店的经理，是格尔木土生土长的萝卜支撑着他们饭店的精气神，他们应该做一道特别的菜，就叫'格尔木人参'，让大家不要忘记过去！"同志们听了，久久不语，深思。

陪同的同志告诉将军，现在的格尔木已经是一派西部化工城的卓越风姿了。国家新的建设项目先后建成投产，发挥效益，主要有格尔木炼油厂、天然气开发公司、小甘沟水电站等十多项重点工程。将军插话："小甘沟？就是当年那个撒泡尿都能涨水的小甘沟？"大家笑着告诉他："就是它。现在引来了昆仑山的雪水，水汪汪的，修了个大水库！"他感叹："格尔木人真能，小甘沟也能变成水电站，能！"格尔木的这些变化，让将军很激动，他总会情不自禁地催促领他参观的人："抓紧时间，咱们多看几个地方！"但毕竟他已八十三岁的高龄了，身体不大吃得消。他总会在看完一个地方后歇口气，咽咽口水，养养精神。

空寂无边的夏日高原，几朵白云在太阳下滑行，好像要跟太阳说话。天空下是六月雪击打过的格尔木土地和挂在望柳庄柳树上的艳阳。那艳阳好像一盏灯，马灯。

将军在格尔木共待了三天。最后一天，他在将军楼接见了市里的领导。

人来得差不多时，他抬头扫了一圈在座的人，问："怎么没有穿军装的？"意思是部队的同志为什么没来？

这时兵站部政治部主任李年喜站起来，说："我就是兵站部的。"他又指着身边一位身材魁梧的同志说，"这是我们兵站部王根成部长。"

将军说："你们怎么不穿军装？我就喜欢军人。我们今天能这么强大，还不是军队给我们支撑着！修青藏公路那阵子，军人是打头阵的，哪里的号子声喊得最响亮，哪里准会是军人在打攻坚战。如果没有军队同志的出大力、卖苦劲，半年的时间是修不起这条路的。我常常会想起修路的那些日子，你说苦吗，那确实是我这一生遇到的最难对付的艰苦，可是我硬是挺着腰杆走过来了。今天回想起来，我心里还是很幸福的。不吃苦哪会有什么幸福！今天大家可以用不同的生活方式选择自己的幸福，但是要记住，艰苦奋斗这一条丢失不得。日子好了，再加上不断地奋斗，人生才可以活得更精彩！"

大家为将军语重心长的教诲热烈鼓掌。

在将军楼接见完毕后，将军又说："明天我就要离开格尔木了，什么时候还能回来，那只有上天去安排了。我还想再到城里去转转，看看老地方，要不心里总是疙疙瘩瘩的不舒畅。离不开嘛。"说着，他的声音竟有些哽咽了。谁都明白，将军再要去看的地方是望柳庄，那是他当年在格尔木落脚的第一个地方，那里有他栽下的第一棵树，树上有他挂上去的马灯……

大家再次陪着将军来到望柳庄。他在那些柳树中间来来回回地走着，阳光从云上洒下来，普照树林，地上落下星星点点的光斑，闪闪发光。有时他停下脚步，摸摸树干，望望树梢。有时他还把额头贴在树身上和树比高低。"噢，它有三人高！"就在他自言自语的时候，一片阳光透过叶缝洒在他的脸上，他暖暖地说了一句："格尔木的阳光欢迎我呢！"最后，他止步在一棵老柳树前，就是马正圣老人指给我看的那棵柳树。他凝神静观了好久，才说："就算这棵树是格尔木最早的柳树吧，我也像它一样老了，我们是老战友。老战友，我要问你一件事，那盏马灯哪里去了？就是那一年我们挂在你身上的那盏马灯。那个时候，格尔木人每天夜里都可以看到你照亮了的望柳庄。可是，我今天回来了，灯为什么没回来，你作为见证者，转告马灯，我在望柳庄等着它回来……"将军说着，眼里飘起了泪花。他转过身对一个同志说："你去问问柳树，那盏马灯到底去了哪里？"这个同志笑笑，无所适从。老小孩老小孩，将军真的老了，他要向柳树讨回马灯！

我理解老将军这种童真的感情。此次回到格尔木，他已经好几次提到马灯了。他怀念那盏马灯的激情，以及拥挤在柳树周围观灯人啧啧的赞叹声。戈壁风无情无义地送来了寒冷，马灯风风火火地带来了温暖。也是在这次回格尔木，他给大家讲了那盏马灯的故事。那一年，将军上高原修路时，在西宁东大街清真寺前一位老人的小店里买来一盏马灯，样子古旧，好像是使用过的。因为在高原修路太需要有个可以拎在手上的马灯照明，他就出高价买下了。马灯是由一位骆驼工——也可说是将军的兼职通讯员吧——保管。将军夜里外出开会或上工地检查工程进度，都由骆驼工提着灯引路。马灯好像一颗流动的星星，格尔木人一看见它就知道灯焰后面走的肯定是将军。后来，路修通了，格尔木人在望柳庄前的柳树上看到过马灯。再后来呢，格尔木有了发电机，马灯就用得越来越少了。再再后来呢，就很少有人知道马灯的下落了。有人说，那位为将军保管马灯的骆驼工到藏北草原当了养路工人，把马灯带到了那里；还有人说，在格尔木汽车团的团史展览馆里看见过它；另外一种说法是，从内地来高原采访的一位记者收藏了这盏马灯……

今天，在格尔木望柳庄前，这位老人望眼欲穿扳着指头数着天上的星星，盼着地上的马灯重新回到他身边。那盏马灯从他的身后照耀经年，它熄灭了，只能燃亮在他的心头。这时，将军把他在将军楼里说过的话，又波澜不惊地给大家重复了一遍：

"我们第一代格尔木人，修青藏公路，初建城市，算是打了个基础。

我们把灯点着了,是你们举着灯,添油壮捻子,照亮了格尔木!"

他又提到了灯,那盏马灯。

我就这样记住了那盏灯,掂在骆驼工手里、后来挂在望柳庄前柳树上的那盏马灯。它的光焰难道是将军划定的一个准确高度,所以这么多年来才始终保持着岩石一样的姿势?1993年8月将军讲这番关于灯的话时,我虽然不在现场,但我相信从望柳庄发出的这个声音,会让格尔木人保持最清醒的睡眠,也会让远在北京的我永生铭记。京城离格尔木有多远?假若那盏灯的光焰每天长一厘米,我敢肯定它总有一天会照到走在长安街上的我身上。更何况我会用火车和飞机的速度缩短这个距离,赶到望柳庄。大家最担心的他会离开我们的那一天,还是无法避免地来到了。那是他逝去的第六天,1994年10月25日,他的子女把他的骨灰撒在了昆仑山上。当时我正好在高原深入生活,特地赶到现场。老人真的走了,他一甩手去了那个他可以看到昆仑山及其周边,我们却看不到他的地方。他留下了他抚摸过的望柳庄前的柳树。骨灰撒放没有刻意安排,完全是民间的自发行为。那一刻,进藏和出藏的车队都相约聚在昆仑山两侧的公路上,骨灰扬起的一瞬间,数百只车笛一齐按响,长鸣不歇。笛声填满青藏苍穹,像黎明突如其来,天空爆出灿亮的光。车笛呼唤逝去的平凡伟人,把他手中那盏马灯放大,光照格尔木全城。

那盏不灭的马灯,从望柳庄升起后,终于又回到了望柳庄。

那一天,太阳很红。我总觉得太阳不知何时悄无声息地卧进了那盏马灯里。于是在我又一次回到望柳庄后有了一个坚定的信念:一个人只要有自己坚守的东西,终生不改,别的,什么都不重要了。太阳在,灯就会亮。这样,岁月就好!

军靴绣上了格桑花

我每次走在大街上，总能看到不少女孩穿着黑色长筒靴子，耸起肩膀挺直腰杆，迈着轻快的步子，巴不得让所有人的目光都集中到她们的脚上。这时我总会想起我曾经拥有的那双绣着格桑花的军靴……

那个年代，通往拉萨的公路刚打通不久，青藏高原的气候比现在冷得多，温度计的水银柱动不动就缩到了零下四十摄氏度。每到隆冬，我们这些在青藏线上跑运输的汽车兵，必须用所有的御寒衣物把自己严严实实地包裹起来，才不至于挨冻。每一个兵都用"四皮"全副武装：皮大衣、毛皮帽、毛皮鞋、皮手套。

那年冬天，暴风雪不但来势猛，而且比往年提早半个月扫荡了唐古拉山。许多出牧的牧民根本来不及提防，就被围困在风雪中回不了家。唐古拉山是青藏公路的制高点，气温更加酷寒，寒风越发狂野。为了让散落在雪山上游牧的群众早一刻回到放牧点上，我们汽车团连夜组成数十个小分队，马不停蹄地进山执行抗雪救灾任务，为牧民送去衣被、帐篷、食物及药品。从昆仑山下出发的那天黎明，老天爷分明在有意为难我们，暴风雪从唐古拉山咆哮着到了昆仑山，气温骤降，嘴里呵出的热气即刻就冻成冰雾。好在团里特地给每个人配发了一双长筒毡靴，奇寒袭来我们就穿上了。毡靴是纯羊毛制作而成，靴筒长到膝盖，内壁还贴着一个暖茸茸的羊毛套。穿在脚上，浑身升腾起一股可以踏碎雪路冰道的热腾腾的力量！

我和驾驶员张跃星在老班长"篓子"（"篓子"是老班长的绰号，意思是说他这个人乐于做好事，巴不得把全班战友的困难都装到他这个助人为乐的"篓子"里）的带领下，落脚在扎多阿爸的家中。我们昼夜不分连轴转地跑车，白天碾着风雪快跑，夜晚车灯摇醒雪山赶路，力争让每一个挨冻的牧民都能早一点暖衣暖食地过日子。堆积着厚厚冰雪的草滩上，常常失散着一些饿得几乎只剩下皮包骨的牛羊，在挣扎着寻找主人。带队的孙副团长就坐在"篓子"班长的车上，他对我们说，救人是第一位的，但是只要车厢里有空地方，也要救牛羊。有一次我的汽车大厢里装了几头牦牛，它们那暖茸茸的长毛挡住了寒风，获救的牧民坐在车厢里依偎着牦牛，立马暖和了许多，有了回到家的感觉。此后，一些驾驶员总要拦住几头散跑的牦牛，装上汽车，作为挡风的"墙"。

中午，我刚把一车棉衣棉被卸下，分发给几位衣单缺食的老人，正要开车掉头返回救灾指挥部时，一个身影像飞一样从路旁的缓坡跃上驾驶室脚踏板，双手按住了方向盘，对我说：

"叔叔，捎个脚！"

是扎多阿爸的女儿桑姆。这个活泼、爽朗的藏家女孩，见人不笑不搭话，她从村街上走一回，满村里好像都洋溢着她的谈笑声。她对金珠玛米尤其亲近。我们进村才三天，她就记住了几乎所有驾驶员的车号，还能对号找到车主人。这时我故意逗她："捎脚？该不是把你这个漂亮姑娘捎到山外找个小伙嫁出去吧！"

她笑得咯咯咯的清爽，像纳木错湖里的呱拉鸟，半认真半玩笑地回答我："看你说的，我才不情愿离开阿爸阿妈呢！找小伙还用得着去山外吗，你看现在唐古拉山到处都是穿军装的金珠玛米阿哥哥。只是我年纪太小才十八岁，阿爸阿妈舍不得我离开！我让你捎的脚是它呢！"说着，她把一袋什么东西塞到我手里，我立刻闻到一股扑鼻的清香。

桑姆止住笑，很正经地告诉我，这是村里几户富裕人家捐出来的糌粑，她让我转送给指挥部的叔叔阿姨们，给他们加个午餐。

说罢，她留下一阵咯咯大笑，转身就跑得没影了。她不会闲着，人们总能看到她在救灾场上搬搬扛扛，忙碌得好快活！

糌粑是藏族的一种主食。制作过程是，将青稞晒干炒熟，不除皮磨成细面。食用时不用生火，加酥油茶，用手在碗里搅捏，搅捏成团送嘴而食，营养极丰富。

桑姆表面上是个很夸张的姑娘，但是她的身上藏着暗香。我对她就是这种印象。

我们含风咽雪地在唐古拉山奔忙了差不多十天，才把牧民的生活安排好。雪后的阳光温暖着牧民来日的身体。有部分冻伤的牧民，伤势比较严重，将随我们的车队出山，到格尔木部队医院治疗。没有想到的是，我们却出不了山。原因是好不容易开挖出来的山中通路，一夜之间又被大雪掩埋了。就这样我们滞留在扎多阿爸家。我们当然不会闲待，每天都帮着牧民做事，清理牧场，放牧牛羊，为各户牧民到山泉去打水。

那些日子，山冷地寒，月落星稀。我们和牧民相遇，如沧海一粟之宇宙洪荒。不，军民之间的深情还深得不够。温暖的故事就发生在我们要离开牧村归队的前一天。我在收拾归拢行李时，意外地发现毡靴不见了，着急是难免的，这是部队配发的军用品，丢失不得的。就在我跑出跑进地寻找时，扎多阿爸笑嘻嘻地迎我而来："看把你急成啥哩，快把心收回到肚子里去吧，靴子在驾驶室等着你穿哩！"我跑到汽车上一看，果然一双洗刷得干干净净的军靴放在坐垫上。最让我惊喜的是，两只毡靴的靴面上各有一丛红、绿、黄色彩鲜亮的花，我能辨认得出，是藏家人最崇尚的草原上的格桑花。惊喜、惊呆，我不知道是怎么回事！

稍后，我弄清楚了一切。在抗雪救灾的几天中，我天天踏雪路走冰道，没大留神就把毡靴踢腾得裂口了，那口子越来越大，雪粒冰碴钻进去，冷得渗心。我索性脱掉靴子换上毛皮鞋干活。这事让桑姆看在眼里，她动了心思。原来，桑姆在暴风雪中颠颠跑跑忙乎了几天后双手冻伤，两个拇指破裂，骨头外露，失去知感，不得不在家里待着，等候我们送出大山住院治疗。就在这当儿，细心的桑姆发现了我的两只毡靴有了裂口，她便细针密线地在那裂口处绣上了格桑花，为穿靴的人遮风挡寒。可想而知，带着冻伤的手做这种精细的针线活，需要的不仅是细心、耐心，更有藏家姑娘对金珠玛米知恩图报的深情、大爱！

格桑花，是藏家人心目中的幸福花、吉祥花。扎多阿爸双手把绣着格桑花的军靴递给我，说："你把幸福吉祥穿在身上，暖暖和和地走路，暖暖和和地开车。明年春天格桑花铺满草原的时候，我们欢迎金珠玛米亲人暖暖和和地回来！"

那次来去唐古拉山，任务紧迫，我只是匆匆忙忙。然而我的心停留在了那里，因为那儿有了温暖情谊。我一直珍藏着那双军靴，并经常回过头去，顺着它的方向，逐渐伸展开去，寻找那朵格桑花盛开的原生地……

蚊子的亮点

青藏高原在风追月落的冬夜突降一场狂雪,正是这雪,看起来犹如盛开的梨花的雪,使我和副班长于大路得上了一种那时候根本不知道叫什么病的怪病。我记得真切,副班长在突如其来的一声凄惨的号哭之后,泪水涟涟地喊道:"不好啦,我的眼睛死了!什么也看不见了。"我们都听见了,非常害怕,不知道出了什么事。就在这时候我的眼睛也死了,眼前游动着一片黑影,好像坠入无底的深渊。

这是1959年隆冬发生在藏北茫茫雪原上的事情。当时我所在的汽车连正在执行抗雪救灾运输任务。眼睛怎么突然失明了?后来我们才知道,那是患了雪盲症。整天在空气稀薄的雪地里忙碌,没有任何保护眼睛的措施,阳光中的紫外线经过雪地表面的强烈反射,刺激了眼睛,造成了伤害。连队有五个人患上了雪盲症,轻重程度不同,数我和副班长最严重,眼睛红肿、发痒、流酸水。从藏北返回到青海一个叫石乃亥的地方后,我俩的眼睛仍然肿得像桃子。好在连队要在这儿休整一周,我想眼疾总会好转吧!

我们班住在一位叫卓嘎吉玛的藏族老阿妈家。当她得知我们的眼病是雪盲引起的,双手一拍大腿说:"好啦,别愁,我有办法治好你们的眼病!"

我好生奇怪,她会拿出什么绝招为我们解除病痛?

当天午休，卓嘎阿妈手提一个摩擦得铿亮的铜壶，满面溢笑地来到我们班。这是一壶热水，还冒着腾腾热气。阿妈把水分别倒入我和副班长的脸盆里，说："趁热，用毛巾敷眼睛，多敷一会儿，眼睛会好的。"还不容我们说句感谢的话，她就把我和副班长的毛巾浸泡在热水里。待那水簌簌地咬透了毛巾，她捞出，拧干，捂在我俩的双眼上。随之，我就感到热乎乎的酥麻感似无数细细的钢针软绵绵地扎入眼球。当然那只是瞬间的感觉，转而便觉得有丝丝冷气顺着那无形的针孔往外溢出。慢慢地就无感觉了。阿妈说，每天早晚都坚持这么用药水敷眼睛，很快会有效果的。

有了这位"民间医生"的精心治疗，我们的眼疾一天天见好。到第四天，我就觉得双眼轻松多了，清清爽爽地亮堂了。这时，我和副班长都有个疑问需要解开，便问阿妈："你这壶里装的什么神水，治好了我们的眼病？"她笑笑道："说神也神，说不神也平常。明儿我给你俩熬最后一次药水，你们来看看就明白了。"

我们看到了，阿妈把一包黑乎乎的好似小动物的东西倒入壶中熬起来。我们无论如何也没有想到这小东西竟然是蚊子的脑袋。阿妈指着屋梁上一个燕子窝絮絮叨叨地说起来："蚊子是叮人肉吸人血的害人精，可是它却是燕子喂养雏燕的绝好食物。每天燕子爸爸和妈妈都会捉来数十只蚊子才能喂饱雏燕。小燕不食蚊子的脑袋，燕子爸妈便用嘴将其脑袋剥掉，放在燕窝一角落。天长日久就积成了一大堆蚊子脑袋，风干、变硬，这是上好的药材，能消肿，明目。"阿妈还说，这是从阿爸的阿爸手里传承下来的秘方，至今不失传。我们听得入神，大长见识。

世间有多少奇事，如果你不是亲身经历体验，别人就是说破嘴皮你也不会相信。有时候你看到的光明不是真正的光明，你看到的死亡也不是真正的死亡。它们隐匿了，以一种容易蒙蔽你的形式迷惑你。当你举起拍子欲将恨之入骨的蚊子置于死地时,想没想到蚊子的脑袋可以为人类治疗眼疾?没有想到就先别鲁莽行动,要弃之其害,取之其益。我会永远记住那位藏族阿妈,正是她使我从臭名昭著的蚊子身上发掘出了亮点,让我明白了早就该明白却一直糊涂着的道理。

昆 仑 窗

我们红柳河兵站坐落在昆仑山下的一块高原上,居高临下,是观赏高原风景的好地方。我的宿舍又建造在高地的顶端,所以,这儿更眼宽,真是:窗含昆仑千秋雪,门停高原万里车。

闲暇无事,我常常站在窗前眺望。这窗口恰是安在高地上的一只望远镜,映入镜头的是一幅多么丰富多彩而又美丽的图画啊!

飘着缕缕白云的蓝天。

滚动着片片羊群的草滩。

一眼望不到边的戈壁。

六月也戴着雪帽的昆仑山。

还有那条雪水河,从山下一直甩向遥远的天边……

我最看不厌的要数近处的那座昆仑山的银峰,它的山山岭岭、沟沟坎坎,阳坡的草、阴地的冰,盘绕着峰峦直上云霄的青藏公路……全都含在我的窗口,跑进了我的房间,任我欣赏,任我指点!

就是这座银峰,就是这条弯弯曲曲绕在银峰上的盘山路,我曾攀过多少次,走过多少回!我熟悉那上面每一道轮印,我爱听那从天外传来的每一声车笛声。每次立在窗前,看见这巍峨的银峰,都会引起我无限美好的回忆……

看,那山巅的平坝上,不是有一间白墙蓝瓦的小屋吗?屋前,一根直陡陡的杆子直指蓝天，杆下立着几个白木箱，这便是"昆仑气象站"。说是站，其实只有两个战士。高高的昆仑山巅缠绕着浓云白雾，远看，真有点"云中仙阁"的味道呢！两个战士终日在云中行、雾里颠，日翻满山云，夜耕一天星。他们用一双巧手耕云播雾，倾满腔热情呼风唤雨。细雨轻轻地洒下来了，濡湿了戈壁上空的热气；清风拍着草尖走了，拂去了草叶上的灰尘；露珠隐隐地降落了，给小麦挂上了点点金星……两个战士啊，既报告风调雨顺，更预报狂风恶雨。人们怎能忘记，在深冬一个红日高照的中午，小小气象站以惊人的胆略向昆仑山的军民预告了一个消息：次日夜里将有特大暴风雪降临。高原人并没有因为灿灿阳光照着大地而动摇对气象战士的信赖。牧民们储存牧草，将牛羊提前赶进了圈；兵站上备齐了足够的粮食、蔬菜，不冻泉里的水浪进了水缸；道班工人将数台铲雪机摆放在山中的公路旁边；准备过山的车队，在每台车辆上装好了防滑链条……在暴风雪闯进高原的那天夜里，整个昆仑山像往日一样安静，看不见一点儿惊慌，听不到一声叹息。这时候，唯有山顶气象站的小屋子挺立在狂风暴雪的前线，抗击着这罕见的自然灾害……

你再把目光往南移，那里有一座山梁，山梁下有个月牙形的山洼，洼里有个土包。对，土包上面长着一棵树，那是一棵青松。这里长眠着一位战士，坟包里埋着英雄的身躯，还有他的理想和一颗永远跳动的心！

祖国西北边疆的这条大动脉——青藏公路上，车队把一批又一批的建设器材和战备物资运往西藏。深冬，当青藏线上的运输进入白热化高潮时，昆仑山中的一段公路突然发生了大塌方，路上堆起了一座座"小山"，公路中断了，两边堵了一长溜汽车，那溅满泥浆点子的轮胎，在"嘟嘟嘟"的马达声中微微地颤动着，仿佛在说：我要前进！我要前进！兵站当即派老班长常勤带领全班战士去抢修公路。他挑着一担炸药，攥着一把药捻，像冲杀在战场一样，冲进了塌方区。

"轰隆隆，轰隆隆……"

炮声震动着昆仑山，从清晨一直响到傍晚，又延续到深夜……在炮声中，沙流飞去，顽石让路，一条曲里弯拐的公路出现在塌方区，向山下伸去。车轮又开始前进了，就在常勤专心致志地指挥车队过山时，原先卡在山腰的一块石头松动了，滑了下来，一直冲着他滚去，可是他没有发现……年轻的班长在这里走完了自己一生的路程，倒下去了……

每当我站在窗前看到这坟包，总要这样想：这样的战士难道会死去吗？不，不会的。看，那棵青松不是蓬蓬勃勃地生长起来了吗？听，那静静的坟包里正跳动着永生的脉搏——他的理想在高原的山谷里闪烁出了灿烂的星光，在新建的矿山里发出了"隆隆"的吼声，在戈壁新村里荡起了不落的歌声……

我年年三百六十五天在这窗口眺望，望不断昆仑山的车队，望不够高原上的新图美景……

我的窗口是昆仑山的一组彩色镜头，欢迎每一个上高原的人到这里来眺望、观赏！

啊，青藏高原上有多少这样的窗口！我们生活中有多少这样的窗口！

十八岁的墓碑

翻过一座山峰，翻过那个难忘的天空淅淅沥沥飘着雨星的湿漉漉的早晨，来到我十八岁青年时代。停下来的地方就是我当兵的起点。没有谁替我上路，就是这儿的一座坟茔，让我第一次懂得了军人应该是什么样儿。我记忆犹新，就是这里，昆仑山下，原本有一座坟。虽然只是一个土包，却也是干干净净的沙土。现在消失了，一行骆驼的掌印好似女人的鞋底，我踩着它寻找心里踏实。我可以断定，就是这里，一丛红柳摇曳的地方，她了结一生，在陌生却是向往的高原叶落归根，安家。不断靠近，又悄然远离。

我们热爱大地，又总被大地无情地抛弃！

安眠在红柳丛中的女孩——是的，还未完婚，纯纯的女孩——你躲在了哪里？

五十年风雨交加，雪霜往复，她隔断了喧哗，滤掉了红尘。历史在昆仑山积淀成了纯金。红柳枝上的露珠像冬天还没化完的雪，一朵云从山巅飘下来，安详地洗净红柳。

我已经远离了放飞青春理想的梦，可她仍然那么光鲜亮丽地准备走进婚房。竹子，十八岁的竹子。今天，一个七旬老人还是要叫你一声嫂子！永远十八岁的竹子嫂！

在这个忙碌完手头杂事的黄昏，我把执意要闲聊的几个朋友留在格尔木河岸的小岛上，钻进望柳庄这间客房，开始叙述五十年前的事。昆仑山下很静，淡红色的楼檐下只有一个斜斜的日影，不知什么时候飘起了小雪，雪片从檐口落下，被一棵柳树接住。这个黄昏一切都好，没有了空想，也没有梦。开始写过去的事了，灵魂欢快而痛苦地落到纸上。我的心隐隐作痛，泪水则背对昆仑山，面向眼前这座消失了的坟茔而流。我坐在这里，心里有颗种子在萌发。

那个季节，六月雪很大。

那个季节，没有抵挡寒雪的棉衣……

缺氧，两个可恶的字眼！它把世界屋脊变成了让许多人望而却步的疼痛世界。路疼，地疼，草疼，雪疼，甚至连空气也疼。当然最疼的还是人的头。高原缺氧首当其冲袭击的是人的头部，高山反应从头开始。

这个夜晚，他投宿长江源头沱沱河兵站。安排妥帖车队的事情后，他破例没有到战士们休息的客房去看望大家。今天有点儿奇怪，高山反应照旧来找他的事，折磨他，可是它不按照常规出牌了，它转移了阵地，从头部转到了腿部。他的两条腿硬邦邦地酸疼，是那种实在无法控制的疼。他搓揉了好久，那疼丝毫也不减弱，甚至越是搓揉反而越是扩大了疼的范围，原先只是腿肚疼，现在疼到了膝盖上。怪，高山反应怎么转移到了腿部？他久久睡不着，因为心里也疼。

他是汽车团一位副连长，终年带着一支车队在青藏线上奔跑。这个夜晚是他一年三百六十五天中很平常的一夜，他的车队在沱沱河兵站过夜。不同的是这晚高山反应比以往任何时候都无情地折弄他，让他难以入睡。他不得不一边按揉着酸疼的腿肚一边思谋明天或者后天连里该做的事：一排调动五台车到转运站装一批运往西藏边防部队过冬的食品；三排有十台车去格尔木兵站，运两个班的进藏新兵；二排原地待命，准备到藏北无人区执勤……一连之长就是一窝兵的妈妈，妈妈就得有操不完的心。以上是些大事的筹划，还有一些所谓针头线脑的琐碎事，也要搁在心上，包括三更里孩子的被角蹬脱后给他掖好，还得嘱咐他们上路前要准备好防止野狗咬人的棍子……一个连队就是百十号兵的家，这个家看似很大，其实就只有连长心窝那么大。心窝，比一间房子要大得多呢！这么想着想着，此刻副连长已经淡忘了腿肚的酸疼，转向体内的色彩，随着血液漂流。他只觉得一颗管不住的心儿又在青藏公路上随着车轮漫游，好像要寻找什么……

寻找什么？你不知道，他知道。她也知道！只是不便说出口。看似漫不经心，其实内心的寂寞像期盼一样沉重。因为总怕天空又要刮风下雨！

在远离她的这个世界里，他想起她难免不带着几分忧伤，当然更多的是幸福。是青春那蠢蠢欲动的心境。

夜晚到了这个时辰，非常静。峡谷深处的那种静。窗帘没有拉合，夜空的星星不晓得什么时候不吭声地钻进屋里，仿佛提醒未眠的人：夜已深，月偏西，该困觉了！他举目隔窗望着秋夜的月牙，陡地想起，好像答应要到她栖身的地方看看她和他的小屋。好啦，不去想那么多工作的事了，那是永远也操心不完的。睡吧，做个好梦，梦里见她也觉亲！反正她很快就上山来了！上山，高原军人把出发到西藏称为上山。这里说的她上山，似乎又不全是这个意思，是说从内地奔向昆仑山。

于是，他转过身，背着月亮。很快，鼾声响满屋里……

沉睡里，仍有一个不平的天地！

他叫刘刚。这个夜晚，他最应该记住的是，日历翻过这一个月，就是说执行完这一趟跑拉萨的长途运输任务，就是他结婚的大喜日子。不知道他总操劳工作，是不是把这个日子忘了？人往往就是这样，有时候常常把不该忘记的事置于脑后。刘刚，是这样吗？

刚安静了一会儿的腿，又很讨厌地犯疼了，抽筋。不同的是，这回抽筋不单单局限在腿部，还贪心不足地扩散到了额头——此处的疼甚至超过了腿疼。对啦,刘刚突然有所记忆,许多高原人都有这样的高山反应经历:先是头疼,然后引发浑身疼。只是最初的疼不会引起一般人注意,直到头疼加剧时才感到难受。眼下,刘刚的脑袋疼显然是高山反应在他身上升级了。一阵一阵地疼,时紧时松地疼。不知为什么,这使他联想到了很小的时候在田里拔萝卜的那种感觉。一只手拽着萝卜缨子往外拔呀拔呀,萝卜忽地离开土地,他也顺势倒在地上,仰躺。现在似乎有人拽着他的一绺头发,连根带缨子拔着。拔呀拔呀,可是总是拔不掉,他只好干疼着。刘刚强忍着剧疼,让高山反应那只无形的手折磨自己。他又浑身昏昏地不听自己的掌控。一片树叶长到冬天的最后一天,却没有落下来。不是冬天高抬贵手,而是这棵树太有能耐。他是那个冬天在拉萨西郊八一农场看到这棵树的,那个农场是当年进藏的十八军战士兴办起来的,他们在农场栽了大量的树。树人树心嘛!他刘刚就是要学习这片在寒冬里依然长在枝头的叶子,绝不让那只拔萝卜的手得逞。不是马上就要举行婚礼了吗?高山反应能怎么样,头疼就让它疼吧,有美梦驻在心就要不了命!不就是个缺氧吗,没什么大不了!小儿科一个!

他又抬起头,透过窗口,真的看到了一棵树。那树枝有一块黑乎乎的东西,很像一只乌鸦缩着脖子蹲在树杈。不,像这棵树留在枝间的最后一片叶子。不会的呀,这个季节会有什么树叶呢?他再细看,是一只鞋挂在树梢上。哎,想必是哪个兵不甘寂寞,把穿坏了的军鞋撂到了树上。好呀,战士的鞋上树变成了冬天最后一片叶子!太有创意了!

刘刚的头疼继续让他不得安生地苦爱着。有高山反应,还得热爱高原。这叫苦爱!

酷爱与苦爱,同音,都是爱。一字之差,却拧了大劲。酷爱,那是一个人对另一个人或某个地方,倾注了极深的感情,爱之真切,那叫酷!可苦爱呢,就另当别论了,是忍受着痛苦去爱。当然是爱你所爱,应该去爱。比如对高原缺氧这个魔鬼，我们称它为魔一点儿也不为过。你又不得不爱。当兵来到这个缺氧的地方，你如果不爱它，躲之而去，如何履行自己的军人职责！所以再苦你也得热爱高原。因为热爱了，你承受的痛苦才会少一些，你的付出有所得，是心甘情愿的。

不奇怪，哪个高原军人不是这么想，更重要的是还要义无反顾地去实践！就像月亮总是在太阳落山之后才出来那样合乎常规。军人嘛，就应该涌现黄继光、董存瑞这样的英雄。一身国防绿赋予你的不仅是笔挺笔挺的腰板，更多的是必须承担的跟着黄继光无怨无悔冲上去的使命！

可她呢，当然不应该享受这份"特殊待遇"——一个还没有成为军嫂的乡间姑娘。她叫竹子，即将在昆仑山下的格尔木军营里那间简朴的婚房里和刘刚完婚的就是她。其实，人就是这样，有时候奉献是逼出来的。意料不到的灾难临头了，不可避免，你就坚强起来了！竹子的家乡在冀中大平原，一圈密密的白杨树围成一个几乎成正方形的绿色村庄，就是她的祖祖辈辈越住越舍不下的故乡。竹子从出生长到十八岁，只跟着爸爸去过一次县城。在乡间女娃的眼里，县城也难比得上他们的村庄让人觉得敞亮、舒服。美不胜收的村庄，村前有一条清清亮亮可以瞭见河底鹅卵石间草丛的小河，河岸上除了一年四季变换着各种颜色的庄稼，还有一大片挂满小红灯笼的枣树林。怎能不把心掏出来贴在这样的家乡呢！十八岁的竹子已经长出了不会告诉别人的心事，包括对她的爹妈。那条小河流淌着她思念远方的悄悄话，院中的枣树上挂着她心中的小太阳。未婚夫是青藏高原雪线上的汽车兵，给她的生命平添了缕缕甜蜜。因为常在静夜里望着月亮惦念，这甜蜜里又多了些许苦涩。大地上没有一滴水或一棵草是多余的，它不是给你带来喜爱就是让你忧伤！

竹子沿着乡间小路爬攀着走向青藏高原。她当然是"整装待发"：脱下了心爱的花衣衫，换了一身类似乡镇妇女主任穿的素装，半高跟也换成了灰色旅游鞋。刘刚在信中对这些细节都不厌其烦地叮嘱。怎能不理解刘刚的另一种多心呢？荒野的高原路上，把那些外在的艳丽深藏才最安全。这是一段漫长而幸福的路程！漫长难免孤独，而幸福呢，又必然缩短漫长！

旭日，在每个黎明升起。竹子每天望着早霞遥想昆仑山的日出。那里有一间空房子，挤满了人，躲在窗帘的深处正朝她张望。

刘刚从接到竹子动身来队的信息那一刻起，心就控制不住地飞到了她的身边。竹子过河他的心飞到小桥上，竹子乘车他的手扶在了坐椅上，竹子歇脚在小站他立刻递上一杯水。夜里，他躺在床上遥望着像清泉水洗过似的月亮，心儿酥酥的美妙……

刘刚呀，还有竹子，虽然你们都守着孤独，却不分枝。

当时，20世纪60年代初，刚有三年军龄的我，还是一个"新兵蛋子"，在刘刚所在的汽车团政治处组织股当见习干事。我的具体任务是负责官兵们配偶的政治面貌外调，以及结婚时与地方民政部门的联系等工作。很琐碎，属事务性质，但我工作得很愉快。刘刚即将举办的这场婚礼有关跑腿出力的事，也就顺理成章地摊到我的手里。实话说，一个战士，坐在办公室，开个证明、打个电话，也还可以，但是具体操办婚事，我还真是头一次遇到，心里多少有点发怵。当然真正作难的是刘刚本人了。别的不提，要准备的那几桌饭菜（应该说是酒席）以及糖果、纸烟，就让他小子好几个晚上都愁得没好好合眼。不奇怪，当时所有食品、副食品都凭票供应。我们军人的吃粮标准是每月四十斤。军官们办喜事自然会照顾性地多发几张票证，但仍然是杯水车薪，多不到哪里去。没办法，刘刚托了几个老乡，我也发动政治处几个年轻人托各自熟人，四处采购，才算将将就就地把吃吃喝喝的事弄得有了点眉目。你千万别以为是多么的眉目清秀，列个明细单你就知道了：挂面，今天可以到路边任何一个食品店都买到的普通挂面，那时我们好不容易凑了几张票，才买来了三斤；那些糖、烟、酒，你当有多高级？包一块白纸软面糖，比一般公民抽的卷喇叭筒好不到哪里去的烟，从大坛里灌来的几瓶烧酒……就这些，而已。至今不能忘记的是，为了买到几块香皂，刘刚通过我们政治处高主任，高主任又托了熟人，才从西藏驻格尔木办事处服务社弄到了两块……我在这里不厌其烦地列举这些让今天的年轻朋友听来觉得可笑的往事时，其实有意无意地涉及了我们国家的经济、文化和社会那个非同寻常的历史时期。当时我们的生活就像秋天的草，叶的筋络已经发黄、结痂、凝固，等待着重生。其实我也觉得回忆我们那时的高原苦日子很没味道，甚至有几分羞愧。可又不得不提呀！漫长的岁月里沉淀着多少不得不重新回忆的带着伤痕的日子！

那时候我们都是这么说的："刘刚同志，你的婚姻一定是幸福而甜蜜的。苦中必有甜！"

苦下来的年代，矮下来的幸福。我们没有抱怨，大家都乐呵呵地为刘刚布置新房。是新房吗？原先和刘刚同住一屋的白副指导员暂时挤到了隔壁一间单身宿舍。刘刚把自己的床和白副指导员的床一并就变成了婚床，既不宽敞，也很随意。在他把两床一并的瞬间，心里涌满了无法抑制的幸福，他对白副指导员说："老白，我一定让我媳妇给你点一支烟！"刘刚讲得真诚，白副指导员当然高兴，他握起刘刚的手摇了又摇。

点烟？此话从何说起？

原来，老白的高山反应比一般人严重得多，犯起来时常常头疼得像裂开了缝一样难耐难忍。对付高山反应他摸索出了一个绝妙的办法：吸烟。说来也怪，只要吸一支烟，反应就减缓不少。为此，每次上线执勤时他总会带一盒甚至更多的烟，他就用这秘密武器对付高山反应。这完全是一种条件依赖，没有什么科学依据。可它管用。当然只对老白管用，放在别人身上恐怕就南辕北辙了。白副指导员就这样成了有名的"烟王"。

现在刘刚说要让新媳妇给老白点烟，老白自然十分高兴，说："新郎新娘睡了我的床，我沾了光，高山反应就离我远去了！"就凭这心态，我们也要相信老白吸了这支烟，起码会在不短的一段时间内战胜高山反应。同时，大家也可能看出了，我们这些高原军人在为刘刚操办婚事的过程中多么开心。

生活永远随处可见，幸福却常常不可知。

那真是一个期盼幸福，虽然盼得心焦如焚却依旧幸福得心里溢香流蜜的日子啊！我和周围的人都可以作证，竹子要踏进营门的那些日子，刘刚那个美啊，快成仙了。他从早到晚脚不沾地地颠跑着准备这收拾那，鼻翼两侧的条沟里淌满了幸福的汗溪。不用抬头瞧，我听脚步声就断定是他走来了，未见人声音就飘了过来："伙计，劳驾你给会议室再借个暖瓶，开水少了供不上客人喝呀！""小张，你再到管理股跑一趟，借两把椅子，新房里只有三把椅子，还是少了点！"每天他总会站在营门口朝东边的公路尽头眺望几次。竹子来格尔木必须经过那个路口，他每个时刻都等着她从天而降似的出现于那个红柳枝儿摇曳的天边。夜里他总睡不踏实，在梦里和她会面……

他心里有盏灯。那人带着光芒朝他走来，天快亮了。

好梦最好不要醒。也许好些人一生追求的正是一个梦。

万事俱全，只欠东风。我们大家伙都期盼着刘刚的未婚妻竹子早一天来到兵站！

然而，一切在顷刻之间变成未知数……感情也是海，难道非得要退潮？那个搁浅的早晨……

竹子正走在路上，永远的路上。

那时候，青海境内除了在省会西宁可以坐火车出省外，其他地方都没有铁路。竹子取道兰州乘火车，经河西走廊在峡东火车站下车，倒乘汽车，过敦煌直奔昆仑山下的格尔木。敦煌到格尔木以至拉萨等地，是汽车部队跑车的长途路线，搭乘军车较为方便。漫长寂寞的路途，离家在外，流浪的感觉以及艰辛，因为心儿沸腾也就都不在乎了。刘刚只在竹子坐火车前接到了一封电报，途中她到了任何一个地方都无法联系，只能掐着指头估算着哪天她到了哪里。指尖上的日子过得尤其漫长，刘刚的指头都掐红了，估摸她才到了当金山。没有错，竹子确实到了当金山。他站在新房门口，使劲耸了耸双肩，清楚地看到了自己与竹子的距离。那是岁月的距离吗？

这天吃罢早饭，一撂下筷子刘刚就难掩心头的兴奋，对包括我在内的几个要好的战友打招呼："我们的竹子就剩下一天的路程了，明日中午到格尔木。周六，也就是后天，我俩在管理股办公室举行仪式，大家来捧场吃喜糖。到时候可别只顾吃，还得劳各位大驾，帮着招呼一下。从沿线兵站来了几位战友、老乡，他们人生地不熟，全靠你们帮忙招待他们。记住，是周六！"这就算发了请柬，口头请柬。高原军人办婚事就这么简单、利索！

刘刚快乐地忙碌着。在这个六月还飘雪花的昆仑山里，他要拥着心爱的竹子到乍暖还寒的阳光里。

水流走了，就不再回头。鸡娃子叫了，天却没有亮。就在刘刚的身体与灵魂一起在兴奋中走向成熟的路上，他的心一下子跌进万丈深渊之中。一场要命的六月雪，卷着冰凌防不胜防地降在祁连山，这催命夺魂的高山缺氧！

世界就是这么浩瀚，又是如此狭小。分明只是一瞬间的工夫，竹子的生命就凝固在冰河里了！她从地球上消失了，永远地闭上了那双长长睫毛掩映着的美丽眼睛！谁也逃不脱被埋葬的那一天，这，她懂，甚至可以说有所精神准备。可是她无论如何也没有想到这一天来得这么突然，这么早。雪原上的风一步三磕地爬过，很快就是春天了，她却留在了漫长的冬季。她的人生还没有结出她向往的金灿灿的果实，她的履历表上还有着许多空着的位子等待她在未来的日子里填充。她就这样和她爱恋不够的这个世界告别了。她把未成熟的青涩的果子分给了追云的风，分给了思念的月，而她的心，只能化作清风送给还不能称作是自己丈夫的那个高原大兵。生活怎么对她这样无情！

竹子已经无法把自己从峡东下车后、乘上汽车走向昆仑山这一段路途上经受的缺氧的极端煎熬，告诉别人了。因为她和这个世界上所有关注她的人做了最终不得不做的了断。大家只能从司机小郑断断续续哽咽着的追忆中，从她留下的仅有的几件遗物中，与她一同承受她在生命最后时刻，在颠簸的路途上所经受的不堪忍受的非同寻常的痛苦！没有人分担她当时的苦难，回忆的人能否分担，我实在难以说清！

缺氧，这两个十恶不赦的字眼……

那天早饭后，汽车一驶出敦煌兵站，一片无边的沙漠就迫不及待地从地平线上悠悠飘来。霎时，天地一下子宽阔了起来，不时有残垣碎石出现于路边，那是比铁更凝重、更古老的颜色，是竹子分辨不清的历史。小郑告诉她，这是阳关的遗址。阳关，她知道那是古代战争的伤疤。竹子举目远眺，心里随之亮堂了一些。走过阳关不久，公路边就隔三岔五地出现一堆堆垒起的石头，上面还牵连着一串串五颜六色的经幡。竹子好奇地问司机小郑："那石堆做什么用？"小郑告诉她："那是玛尼堆，是藏族人家或蒙古族人设置的寄托佛意的标志。不少石头上刻着'六字真言'，石堆间还有各种佛像的泥模。"竹子再问："什么是'六字真言'？"小郑为难地笑笑，说："就是六个字，好像是嘛、呢、叭，其他的字我就说不上来了。总之，是吉祥如意的意思。"竹子见为难了小郑，忙说："你成天开着汽车跑长路，哪里记得这么多事，好啦，我到了格尔木问问刘刚，到时候也让他给你讲讲……"

这原本是个愉快的话题，没想到今天回忆起来心情却变得异样沉重。小郑后来告诉我，当时他被竹子问得回答不上这样一个常识性问题时，他真的打算到了格尔木找刘刚让他给竹子说说"六字真言"，他也一起听听。在涉藏地区跑车,不懂"六字真言"太闹笑话了。可是竹子出了事以后,他见了刘刚哪里还有心境提起此事?他张不开口呀。小郑给我讲了这件事后,我便按捺着发疼的心,给他讲了"六字真言"。我想,长眠在另一个世界里的竹子也能听到。竹子,当时小郑没有给你回答的问题,我现在替他告诉你答案,你听着:"六字真言"是唵、嘛、呢、叭、咪、吽。据说这是佛教秘密莲花部之"根本直言"……

我讲"六字真言",是给竹子听的。五十多年了,时过情未迁。当时小郑没有给你的答案,我今天替他补上,也是替刘刚补上。此刻,我多次哽咽着几乎讲不下去了。竹子,你该听到了吧!一个你从未谋过面的、也许刘刚给你提及过的高原军人,现在坐在格尔木小郑住的一间小屋里,给你讲你很想知道的藏地的事情。你在去昆仑山路上发生的一切,都是这位小郑讲给我听的……

小郑司机加速在沙漠里的公路上行驶,好快的车速。眼瞅着一座山岳跳上风挡玻璃,一晃就甩在了后面。小郑只觉得自己的体内储存着一整个秋天的果实,把车开往一个漫长的明天。为什么是漫长呢?他不知道。不管那么多了!他的心里像竹子一样巴不得早一刻赶到格尔木。车过长草沟兵站不久,竹子就隐隐地感到脑袋里仿佛有几只小毛毛虫在蠕动,还时不时地咬一口脑内的某一个部位。凭感觉她推断像蚂蚁那样的小虫虫,痒痒的,咬得狠了还闪动一下的疼痛。只是无大碍,针尖晃了一下又飞了的感觉。牙一咬,没了!让竹子不安的是,那疼痛散去没一会儿,又返回来,这回就疼得狠了。那疼痛像磨亮的刀刃,没有任何收敛地、得寸进尺地割切着她头部的肉。奇了怪了,高山反应还有尖锐的叫声,好刺耳!好在疼痛是一阵一阵的,在疼与疼之间的间隙里,她的难受可以稍稍缓解一下。她多么想把这个间隙放大,让它成为刘刚暖融融的怀抱,这样还怕什么吗?想到刘刚,竹子就不顾及那么多了,疼就让它疼去吧,还能要了人命?才不信呢!坚持,顶住它,不信这疼痛还不退去！事实却是，头疼不但没有丝毫缓解，反而加剧地疼起来。到了后来，她感到好像有人用榔头或别的钝器敲打她的双鬓，还有脑门，撕肝裂肺地疼！

公路边又出现了玛尼堆。竹子分明感到高山反应的魔爪已经触摸到了她生命的寒冷。疼痛开始在周身漫游了，这种漫游在汽车攀上当金山后达到了难以忍受的程度，无法抑制地包围着她。

当金山是祁连山的支脉，海拔只有两千米多点，与和它毗邻的昆仑山、唐古拉山相比，在世界屋脊上它当个小弟弟还不一定够格呢。但是，高度并不出众的当金山，气候燥烈、氧气稀缺是出了名的。在高原跑车的汽车兵深有领教。竹子的高山反应在上了当金山后陡然加重，越来越重。她面如土色，嘴唇泛紫，浑身像抽筋似的提不起精神。她举起拳头敲打着脑门，本想减少点疼，谁料情绪更加泥泞。

"小郑，停下车吧，我难受！"

小郑靠边停车。竹子下车开始呕吐，哇哇的，几乎吐尽了早晨在敦煌兵站咽下的所有食物。小郑一直扶着她，轻轻地拍她的背。"吃进胃里的东西好像掏空了，可是好像又钻进去了什么，还是难受。"竹子这样说，很无奈。她又开始吐，干吐，什么也吐不出来。小郑当然知道高山反应就是这个样，即使把肠子吐出来，人仍然难受得干吐。"嫂子，你静静待一会儿吧，太累了！"小郑一直这么称呼竹子。虽然刘刚还没娶竹子为妻，但迟早的事了，叫嫂子总不会错。竹子只是笑笑，轻轻点点头，但一直没有应承。她在小郑的搀扶下，又坐在了驾驶室。竹子的高山反应一点儿也没减退，小郑眼巴巴地看着可怜巴巴的竹子这样痛苦，却爱莫能助。遥远山野，前无村后无店，连只鸟儿都瞅不着，找谁能帮帮嫂子？他只能不住地喃喃自语："山神爷爷，你把嫂子的痛苦转到我身上吧，我一个小伙子，杠杠的身板顶得住！"竹子听没听到这善良的心声，已经无从证实了，只见她用手顶着鬓角对小郑说："我没事的，咱们赶路吧，早一点到格尔木比什么都好！"

刘刚正望眼欲穿地等着她呢！

竹子仍然用手指摁着鬓角，此刻，这是她可以用来对付高山反应唯一的方子了，有几多作用，她已经难以弄清楚了。汽车也在痛苦地前进，那些终年不化的雪峰，那些远远望去似乎高过雪峰的冰河，渐渐地，脱离车窗玻璃被甩在了车后。当它们消失在远方后，又有重新迎面扑来的雪峰、冰河跳上了车窗玻璃。小郑自然没有任何心思观赏这些平时他喜爱的"车窗电影"了。他的心里只揣着一个想法：快点到格尔木，越快越好！没想到，车轮就这么煎熬着滚动了不足一公里，竹子又抱起头喊着："我活不成了，头疼得要命！头疼！"

小郑再次停车。路边就是道班房，这是这片荒原上唯一的一户人家。显然小郑有意选择了这个地方停车，他的手放在双音喇叭的按钮上，不松手地按着。犹如报警器般的呼叫声，唤出了道班房里的一位养路人。他看上去三十来岁，矮墩墩很结实的个头，紫糖色脸庞，头发黑白混杂地卷着，给人的感觉是每根发际都掩藏着祁连山的烈风残雪。小郑还没开口，那养路人就说："看来这位嫂子病得不轻，快进屋！"他们七手八脚地背着竹子进了道班房。那人赶紧端起竹篾暖瓶倒了一洋瓷缸开水，在缸里倒来倒去让其变凉，喂竹子喝。竹子迷迷糊糊地抿了一口，就推开了水杯。工人又拿来一个小瓶，摇了摇对小郑说："我们这里啥药也没有，就这点止痛片，弟兄们害了病，不管发烧发冷，呕吐跑肚，灌进肚里倒也管一阵子用。就让这位小妹咽一片，兴许能救急。"

瞧，这位热心肠的大哥，进屋没几分钟，又是倒水又是递药，对竹子呢，一会儿叫嫂子，一会儿又喊小妹。多么实诚纯朴的好兄弟！小郑既感动，又感激。他说："面对这位好大哥，我多么想把自己也融入到这道班房里，把生命放在最低的位置。在这样的位置上回望我现在的一切，我会对人生有更透彻的认知！"小郑这话当然不是当时说的，而是数十年后他回忆时对我这样感叹人生!

我们继续回到那个简朴而温暖的道班里吧。竹子仍然半醒半迷糊,那位工人递上止痛片,她连眼睛也没睁就吞下去了。竹子暂时安静了些,可是谁也明白她还是承受着巨大的痛苦。此时,小郑的心思不得不放在另一件事上——拦一辆过路车,给部队捎话,赶紧派医生设法救竹子,最好让刘刚陪同医生来。他相信,刘刚得到消息后,必然会马上赶到竹子面前!

小郑飞也似的急忙冲出道班房,正好有一辆去格尔木的汽车驶来,他急头巴脑地蹦到公路中央,站住,伸出双臂拦车……司机紧急刹车,算侥幸,汽车擦着他身体刹住。一场虚惊!司机扶起车轮下的小郑,得知这儿发生的一切,摊开双手,爱莫能助……也许希望总会有的,也许希望离竹子越来越远……

道班房里,残月无法复圆,原本可能的存在,渐渐冷却。竹子的病情急骤恶化。她脸色苍白,眼圈泛黑,嘴唇发颤,头发也被她抓撕得乱蓬蓬地卷起来。她依旧双手半松半紧地抱着头,有气无力地喊着:"头疼,疼!"嘴里还吐字不清地说了些什么。

忽然,竹子停止了呻吟,微睁双眼,几乎用尽平生之力问了小郑一句:"这里是什么地方?"小郑仿佛明白了什么,随即告诉她,这个地方叫南八仙。她听了微微点点头,脸上浮现幸福的颤动,低声自语:"南八仙!南……"

从峡东车站坐上汽车后,一路上每经过一个地方,或村庄或小镇或一座山什么的,竹子总忘不了问问司机,这地方叫什么。得到回答后,她就很满足地说:"好,知道了,刘刚早就给我讲过了。那年回家相亲,他给我讲了高原上好些地名的来历,这里的地名几乎都捎带着一个真实的故事。花海子、纳赤台、大柴旦、二道沟、雁石坪、倒淌河……多动听呀,不用听它们背后的故事,就这名字准能把人的魂勾走!"

小郑明白了，原来是这样。竹子虽然从来没有到过高原，可是刘刚已经给了她美好的想象，引领着她的心灵在高原上浏览了一回。这时竹子问到的这个叫南八仙的地方，就隐含着一个悲壮的英雄故事。记得刘刚当初给她讲这个故事时，是动了感情，含着热泪讲的。她呢，自然也听得泪流满面。竹子暂时忍痛忘却了高山反应这个可恶的魔鬼对自己的袭击，回忆起了那八个女兵的故事！

那是一段带着剧痛的往事，一个无法被悠长岁月埋没的故事，一个凝满年轻女兵壮烈和忧伤的传说……

20世纪50年代初，五星红旗刚在西藏上空飘起的那一年，一队通信兵奉命进藏执行战备任务。他们翻过当金山后，在柴达木盆地北沿的荒原上安营扎寨，执行临时任务。飘在军用帐篷上的五星红旗在大风里猎猎脆响，传递着祖国的召唤。他们站在红旗下，在无垠的天空里，眺望整个中国。挖坑、栽杆、架线、护线，就是通信兵每天不变的重复劳动，却充满战斗乐趣。正是高原上漫长的冬季，极冷的日子里气温骤降到零下四十摄氏度。其实抵御酷寒并不是战士们首要的需求，最糟糕的事情还没有发生。令战士们胆战心惊的是高原缺氧——这个他们过去从来没听说过的恶疾，把这些小年轻折磨得死去活来，一个个脸色紫里泛黑，走起路来头重脚轻，稍有不慎就要栽跟斗。最要命的事发生在一天夜里，一场没有任何预兆的罕见暴风雪突然席卷了柴达木盆地。通信兵的临时营地遭到了致命的扫荡。八个女兵落脚的那顶帐篷遭遇最惨，帐篷被烈风连根掘起，随风在地上没有方向地滚动着。最初女兵们双手死抓着帐篷不放，随着旋滚的帐篷不知奔跑了多远。后来，暴风雪越来越凶烈，帐篷渐渐离开了地面，旋在空中。有的女兵实在难以抵抗如刀似剪的暴风雪的残忍摧残，不得不松开紧攥着帐篷的双手，被撂在荒郊野滩。有几个女兵仍然死拽着帐篷不放，被暴风雪拖出好远好远……次日，暴风雪缩回到祁连山的某个洼处，青藏高原又恢复了那惯有的寂静,可怕的寂静。静得连远处牛羊啃草的声音仿佛都可以听见。战友们和当地牧民含着悲愤的热泪寻找八个女兵,终于在离驻地十多里远的山沟里,找到了五具女兵的遗体。还有三人始终没有下落。找到的遗体中,有的手里还攥着电话线,有的脚上还扎着脚扣,有的还握着帐篷的一个角。特别让大家感动又心疼的是,一个女兵的手里紧紧地抱着一面国旗,旗面已经撕扯得破烂不堪,那几颗金黄的五角星赫然犹存。她们至死也舍弃不下崇高的信仰!八个女兵就这样远行而去,然后长久不衰地站立在青藏高原上——从此她们遇难的那个无名之地,就有了一个美丽而温馨的名字:南八仙。

……

此刻,竹子的生命已经被高山反应蹂躏得即将走到尽头了,她为什么突然问起让自己受难的这个地方的地名?记得有人说过,人这一生向往什么,追求什么,也可能一生未果,但是他不会轻易放弃,即使在他生命的最后时刻,他都要回到自己的初心。初心最清白干净,如同水回到泉里。在刘刚给竹子讲南八仙的故事时,她就向往那个诞生八个女兵故事的地方了。这样伟大的女性,过去怎么就没有听说过?是的,总有一些闪亮的生命被人们忽视。像我们的生活里有多少值得的回忆,最后却在石头缝里鲜活!可以推想,这一天,竹子冥冥之中会感到自己走近了八个女兵,从出发那刻起其实她就惦着这个曾经只在想象中见过的南八仙。于是她就不由自主地问了小郑一句"这里是什么地方"。后来小郑回忆说,竹子被高山反应折磨后,一直是闭着眼睛痛苦地呻吟,只有在她问起南八仙这个地名时眼睛出奇地睁开了一下。那亮亮的瞳仁只是闪了一下就合上了,永远地合上了!

八个女兵和竹子,可以说她们同为青藏高原的过客,不过都是落地生根的过客。青藏高原成了她们永远的归宿地。九个女子在同一个异乡怀着相同的梦想,注定要相遇相知相惜。她们确实已经筋疲力尽了,但是她们会使活着的人的明天更像明天。

南八仙的天空蔚蓝蔚蓝的,蓝得让人觉得这个世界洁净得没有声音了。竹子如果是一只燕子,她在这蓝天下飞翔,那该是青藏高原一幅多么绝美的图景!其实,不必这样去想象,竹子比燕子更美,更富有梦想。在祁连山的这边、昆仑山的那边,在更高处,还有更美的一幅画面正在悄无声地绘制!

梦是满天繁星,黎明到来前,融入晨曦。

小郑脱下皮大衣,轻轻地盖在了竹子的身上。之后,这件军用大衣上又压上了一件蓝色大衣。道班工人拿出了自己不久前新做的大衣……

大地很静。正是八个女兵躺在大地怀抱里时那种可以听到牛羊啃草的安静,唯两件军民合而为一的大衣未停止呼吸。抵达昆仑山的途径是多种多样的,竹子穿着这两件大衣肯定会走到刘刚身边的。那是她新生的两只翅膀,可以飞到任何一个她要去的地方!

竹子静躺在道班房里,曾经深情、含蓄、饱满的生命,永远地休止了。

这个时刻,青藏高原呈现着旷世之美。满天跑着浮云,阳光被挤成一道窄缝。

这个时刻,我站在高高的祁连山岗,只望见一个人的影子。

救命的医生赶到了,可是已经无命可救了。是道班的另一位工人闻讯后特地拦便车从大柴旦请来的医生。冬夜更深的时候,荒野仍会有热心的微光为路人热身。大柴旦是当时柴达木盆地的首府,一个不足两千人的小镇。来的是一位哈萨克族老中医,茂密的银须蓬住了上唇,那种慈祥、温馨仿佛挂在嘴边,随时会喷散开来。他问了问竹子的病情,又摸了摸竹子的脉象,摇了摇头说:"我无能为力,就是早一步来我也没得办法。病人是几天前就患上了感冒,再加上高山反应,感冒加重。够她痛苦的了!这种病我们眼下还没有制服它的有效办法,十有八九命是保不住的。"

老医生随口说了几句顺口溜："早上患感冒,晚上转肺炎。来日肺水肿,赶快写遗言。"

他说这话时显得十分惆怅、无奈,甚至眼里有了泪花。

小郑后来对我说:"爱是艰难的!竹子和刘刚不可能不知道他们在高原会面会有许多料想不到的意外。但他们依然相爱。"

作为组织股具体分管婚丧嫁娶的办事员,我和营部曹军医急三火四地赶到了南八仙,这时已经距出事三个多小时了。所见让我们目瞪口呆:竹子僵硬了的遗体停放在道班房后面的工具室里,她的脸呈现着微紫透黄又见黑青的冷色。这是我揭开盖在她身上的那两件大衣后看到的。我抱起她的遗体搬到汽车坐垫上时,下意识地将她的遗体靠紧了我的身体。这是竹子在人世间得到的最后的温暖。我知道她是不甘心就这样离开这个世界的,只差一天的路程她就可以到昆仑山下,完成终身大事的最后一个程序了。一步之遥,竟成为万里险途。原来死亡也是如此辽阔。

刘刚并没有告诉竹子,也许是有意要给她一个惊喜才暂时瞒着。但是竹子绝对能想象得出那间婚房是多么温馨,房间自然不可能大,但是肯定干干净净地飘散着淡淡的香味,那是刘刚回乡探亲时特地托人从北京王府井百货大楼买来的花露水的味道。当时,刘刚把花露水在竹子面前一晃,说:"现在不给你用,到了结婚的那一天,洒你满身,香醉看热闹的人,让他们闻着香气美去吧!"竹子一直盼着这一天早些到来。当然,那天刘刚还说了,新房应该布置得有高原特色。可是,高原的什么特色呢?他俩额头碰额头地想了好久,还是刘刚想出了招。他说:"亲爱的竹子,我思谋着还是把格尔木的胡杨树请到咱们的新房里来吧!"竹子问:"就是你让我看的那篇散文里写的那种树,千年不死,死了千年不倒,倒了千年不朽?"刘刚说:"你说着了,就是它!"竹子又问:"格尔木城里生长这种树?"刘刚笑笑,说:"在城郊三十多公里的地方有片胡杨树,原始的胡杨树,一眼望不透的树丛!"

他俩就这样作出了决定,采一束胡杨枝叶装点在新房里。让这顽强的生命在他们心里悄悄发芽,发芽!

我站在竹子的遗体前,心里涌满对她的同情,一种难言的委屈之情。当然更多的是委屈之后萌生的敬佩。我不由自主地想到了许多往事,心里针扎般刀割般地难受、伤感。就在我抱起她的遗体挪动时,沉重的自愧咬着我的心。我们都活着,她怎么就走了呢?我真的不如她这么勇敢、豪气。这是一个多么了不起的女性!不是么?她有一百条一千条理由把刘刚拽回老家去完婚,在那里任何一个小饭铺举行婚礼都不会比高原条件差,起码风平浪静,不会让人提心吊胆地颠簸吧!自幼在家乡连个遮眉挡眼的大土包都少见的女娃,当然明白自己一个人出远门且要翻山越岭地闯荡世界屋脊,那是在"玩命"!"玩命"二字是刘刚和她商量在高原办婚礼的信中写的,自然是一句调侃的玩笑话了。写信人和看信人都把这话当成了开心的玩笑,谁能想到它却成真了。但是不可否认的是,刘刚用"玩命"这个词开玩笑,还真的在提醒竹子要认真对待这次高原之行。她起码要有吃苦的精神准备。玩命?不就是吃苦吗?乡下柴门里走出来的女娃把吃苦当成喝凉水,渗一渗牙根罢了。所以,从某种意义上说,打上高原那一刻起,竹子就把生命掂在手里了。她绝对不想扔掉宝贵的生命,而是要牢牢地攥紧它,唯恐它丢失。那是属于两个人的生命呀!正是她,比刘刚更坚定地坚持要把婚礼放在高原上举行。她不是要向别人张扬什么,这个荒凉的莽野当时确实没有几个人能看到他们的婚礼,给谁张扬呢?是刘刚在和她商定在什么地方举行婚礼时说的一句话刺疼了她的心,好疼好疼,她会终生不忘:"那是一个女人不去的地方,可是没有女人这个世界哪儿还会有色彩!"刘刚还给她讲述了曾经发生的这样一件事:青藏公路通车后,修路的民工纷纷要求回内地老家结婚生子或孝顺老人，筑路总指挥慕生忠将军一再动员大家把媳妇或未婚妻带到格尔木安家落户，仍然有不少民工跑回老家去了。当时老将军说了一句石破天惊的话："格尔木这个地方没有女人是拴不住男人的心的！"竹子震撼了，她拍着发疼的胸脯，认定了一个理：我和刘刚就要在这个女人不去的地方组建一个家庭。哪怕这个家庭在那里只存在十天半月，那也是荒原上留下了女人气息的地方！

为荒原设计这一幅美景的乡间女孩，彻悟世间，净了昆仑，怎能不让人敬慕！这时，我的目光重新落在了竹子的遗体上，忽然觉得她看上去比活着的时候还要优雅！我相信她的精神是那么优雅！

近在眼前，为什么遥遥无期？竹子终究没有来到她一心想去的那个地方……

刘刚还在哭。我确实记不得他是怎么来到南八仙的，什么时候来的。噩耗传到格尔木时，我们政治处的人像被谁打了一闷棍，全傻呆了。怎么会发生这样的事？我们都不得不暂时瞒着刘刚，好像谁最先把这个噩耗告诉他，谁就是罪魁祸首。好在当时刘刚正在新房里忙着给竹子收拾床铺。可是，很快他就知道了，到车队要了一台车就赶到了南八仙……

谁也无法不让他哭，他哭得撕心裂肺，哭得绝望。那哭声就像挂在头顶的任何一朵云上，一招手就会立即落下一场狂风暴雨把高原淹没。他抱着竹子已经冰凉的遗体，像一头怒狮一样狂跳狂叫着。然后他静静地伏在竹子胸脯上号哭起来，边哭边字不成句地喃喃自语："我的竹子呀，我的竹子！认识了你以后，你对我的那份感情，对高原的感情，让我抵挡了多少诱惑和浮躁。我怀着对我们未来的向往，等候在高原，盼着你有一天来到我身边，我就会永远和你生活在一起了！可是，你为什么这么狠心，撇下我走了！为什么要这样！为什么！……"

突然，他抱起了竹子，用力地摇着她哭叫，仿佛要把整个地球摇醒才罢休。可是这个世界已经沉睡,身单力薄的他是摇不醒的。我可以相信的是,荒原上每棵小草都被摇得流泪。我长这么大从来没见过人和草这么伤心地哭叫,铁石心肠的人看着也会心疼!回头望一眼吧,沙丘上的胡杨树也要长成忧伤树了!

当晚,汽车把竹子运到了格尔木。路上,柴达木六月的冷风一直吹过死寂的原野,刘刚一步不离地守在竹子身边。他停止了哭泣,只是不换眼地看着竹子。竹子的脸上盖着一条手绢,是那种军营里战士使用的绿色手绢。我确实没有看见是谁盖的手绢,但是可以肯定是司机小郑所为,我们这里就他一个战士。刘刚没有动竹子脸上的手绢,她睡着了,让她安静睡一会儿,不要惊动她。他只是一声不吭地攥着她的手。当时天已经快黑了,夜幕从车窗玻璃上徐徐滑下。刘刚一定想着要早一点回到格尔木,那里是昆仑山,昆仑山的夕阳可以换成日出,竹子说不定在那个早晨会睡醒的!

格尔木的灼灼灯光终于跃上了车窗。我闻到了夜风里卷来的察尔汗盐湖的咸味,它是中国西部最大的内陆盐湖,它抖动起来全中国都能尝到沁心的美味。它静卧在昆仑山下,一刻也没有停止散发出它独有的味道。它发誓要把内心的盐,种在东南西北四个方向,让四季和节气流溢出芬芳。那么竹子呢?请你伸出舌头舔舔盐湖的味道,它今天的这一刻是专为你而存在!汽车驶进盐湖中一条便道,车子摇煤球似的颠簸起来。刘刚说:"竹子身体虚弱,她怕是受不了!"司机便换上低速挡,小心翼翼地放慢了速度。仍然有些颠,刘刚让竹子的头枕在他的腿上,软软的,竹子会好受一些。过了盐湖不久,汽车转了个S形大弯,驶进了格尔木。这时天空飘起了雪花,六月雪。今夜,这大片的雪花会把昆仑山的冰峰砸得粉碎!汽车驶进营门后,我看到许多战友都默默地站在路边等候。刘刚没有下车,站着的人也不动。我们的车停下了,他们也不动。过了一会儿,刘刚下了车,我们政治处的高主任上前抱住了他,刘刚仍然不语，停了一会儿，他才放声大哭。高主任给他擦去眼泪。

刘刚是怎么从汽车上下来的，我记不得了。后来有人说，是高主任和两个同志抱着他下来的。为什么要三个人抱？因为他的怀里抱着竹子！没有人不理解刘刚，他的身体永远会住着一个女人，他俩谁也离不开谁。

刘刚和我们精心布置的那间婚房，就成了竹子落脚的家。这自然是刘刚的意愿了。他说："竹子要在这个家里住上三天，我再送她回娘家。这是我们老家的乡俗，新媳妇回门。"可是，娘家？高原上有她的娘家吗？我们都想问他，却谁也没开口。当晚我们陪着刘刚到十二点才离开。离开之前，他对我们说："你们都回去休息，我要和竹子说说话。"

次日和第三天，刘刚每晚都陪竹子到夜深人静。她孤身一人，要远行了，高原路上风大雪吼，他要给她嘱咐的事情太多，太多。临行前，夫妻间总会有说不完的话。一次，他陪罢竹子从屋里出来，怎么也迈不开脚步，回身一看，满天的星星簇拥着他。有一颗最亮的星星，他认定那就是竹子，他跑上前双手相握，不想空空如也！

到了第四天，吃罢早饭，刘刚送竹子回娘家——营房对面的山坡上，那是刘刚为竹子选的墓地。他说那儿就是竹子最后的家，也是她的娘家。他要送她回家。他告诉战友们，这些天夜里他陪竹子就是和她商量在哪儿安家的事。他说竹子的英灵对他说："刘刚，我的丈夫，我身在路上，心在昆仑山。我不能无家可归。躺在军营对面的山上，可以天天看着你起床，出操，上班。我踏着军号声和你走在一起。能看到你的地方，就是我的家！"竹子说的对，她千里迢迢追随刘刚到昆仑山，不就是为了成家！

我，还有刘刚的所有战友，此后好长一段时间都没有勇气走进我们为竹子布置的那间婚房。拾掇好房子那一刻，我们原以为幸福会掷地有声地降临在昆仑山的军营里，一个新组建的高原家庭就会诞生。谁会料到，新的故事还没开讲，就抢先一步地有了悲惨的结局！

我们企盼的是昆仑山的彩虹，为什么出现的却是一道伤疤！

此刻，蒙在竹子脸上的那块薄薄的军用手绢，把这位还没有成为新娘的"军嫂"永远地隔在另一个世界里！

掩埋了竹子后好长一段时间，我们都没有见到刘刚。营门的哨兵告诉我们，刘刚每天执勤回营后都要去对面的山坡上竹子的坟地探望。一堆黄土旁，几枝红柳摇曳，似乎是竹子正轻轻梳理着她的秀发。刘刚双手剪在身后，走过来踱过去地不停下脚步，能看得出他无法丈量出昨天和今天的距离。但是他要努力地缩短这个距离。昆仑山太空旷，竹子初来乍到，她还不习惯在这样的环境里落脚，刘刚要陪她一些日子。

她不能消失，应该让她长久地出现。

这天，我找到刘刚，小心翼翼地提出要为竹子建一份档案——其实是死亡档案。可我实在说不出"死亡"二字。我做这件事完全是个人行为，与我的本职工作无关，它出于我对战友的情分和同情。当然还有很重要的一点，是对竹子的敬佩。一个身单力薄的乡间女娃，跋山涉水上高原在军营里安排自己的终身大事，要说她的血脉里没有流淌着军人的血液，谁会相信呢！但是要为竹子做一份档案，我左右为难谁都可以理解。她不是军人，也不是军人的妻子或子女，她仅仅是一位从农村来高原准备完婚的女娃娃。她进入不了军营的死亡档案，我建议要建立的这份档案充其量是一纸空文，只可以让我们这帮战友见证的刘刚和竹子这场未完成婚姻程序的"军婚"有个无奈的结局。大家在心里记着这位只能永远站在军营大院之外，观望自己心上人的可怜巴巴的未婚女！她确实是值得我们每个军人敬爱的"军嫂"！如果昆仑山阳坡上只有一朵雪莲开放，我确认那是献给竹子的！

我要建立档案的想法，刘刚并不认同。

"我的心里像钻进刺猬一样发疼，让该结束的尽快画上句号。可是我做不到。也许句号画上了，我会更加痛苦！在今后的相当长的一段生活中，我不可能忘掉我亲爱的妻子竹子！"刘刚说这些话时没有流泪，但是他咽进肚里的眼泪谁都清楚有多少！这种无奈，与其说他在摆脱痛苦，还不如说他在痛苦挣扎更确切。

我理解刘刚，说："竹子进了咱们军营，按乡俗就是你的妻子了，也是我们的嫂子了。我以后就叫她竹子嫂！"

我绝对不是安慰刘刚，而是出于真心。

"你和我都有今后，她呢，她的今后在哪里？"刘刚稍顿，又说，"这样吧，我也想了好些天，我们还是做些实实在在的事情吧，在昆仑山里给她安排一个名正言顺的家，毕竟她下了那么大的决心要在这里安家。我们给她做一个墓碑，算是门牌号，她就有了户口！"

我满口答应。世事的公平或不公平，我们不能抱怨太多。现在我要尽量做到的是，要让刘刚感到这个世界对他亏欠的不是太多。我们几个战友都忙着给竹子嫂操持"家"。墓地是刘刚已经选定了的——就在离昆仑烈士陵园约两百米的一个向阳的山坡上。她进不了陵园，就遥望着它吧。"如果我能一直在高原干下去，到老，那么我就把坟地选在陵园内离竹子不远的地方，她望着我，我望着她。从来没有离开，一直这么近，那么远！"刘刚这样说。

竹子嫂躺着的那个山坡顶端，就是终年积雪不化的山峰。为做墓碑，我跑了格尔木角角落落，才跑来一块柏木板。你以为呢，能那么容易吗？20世纪60年代初，几乎寸草不长的戈壁荒滩，更不会有树了。格尔木人用的一根钉子、一块砖，都是从内地运来的，可以想象得出，能有什么材料给竹子做墓碑呢！我们几个小伙子从汽车修理厂木工房跑来的这块柏木板有多珍贵！那个小青年帮我们把木板刨得光光的，跟石质一样耐看。墓碑上的字自然是刘刚来写，他胸有成"竹"，提笔就洒下一行字：十八岁的竹子，永远的家！

只是，他爱得太深，提笔的手抖得像旋风，写下的"竹"字歪着，快倒下了！

我长久地默诵着这行字，终于读懂：这里没有死亡，竹子永远是十八岁！

刘刚跪倒在墓前，抚抱着墓碑，满眼泪水。

随即，他从一丛红柳上摘下一枝，放在墓碑上。不是用死亡去祭奠另一种死亡，那枝红柳会落地生根……

2013 年夏初稿
2015 年 5 月三改于望柳庄

我和"文艺"半个世纪的交往（代后记）

回忆起来，我和《解放军文艺》的交往，半个多世纪了。看起来每次来去都是匆匆忙忙，交谈或书信，均离不开写作。但是，瞬间的真诚友谊连缀起来，收获的都是心灵的明亮。生命中的感情和思考，是春天里的力量、文学的财富。

寒风的胸怀

我第一次到《解放军文艺》编辑部，大约是1964年冬。当时文艺社在白广路一栋老楼办公，我要找的是寒风编辑，为了一篇自发投稿。这之前我从昆仑山下的格尔木给《解放军文艺》投去一篇反映高原汽车兵生活的散文，寒风同志和其他几个编辑张忠、诸辛读后都认为题材不错，但需要好好修改。他们在原稿的空白处还写下了需要修改的意见。

我接到退稿信后，认真读了他们的意见，特别是批在稿纸上的那些三言两语的建议和问号，巴不得把每一个字都吃进肚里。我反复修改了原稿，誊抄得工工整整后以挂号信寄回编辑部，静等回音。刊登《解放军文艺》每期目录的《解放军报》广告栏，我瞪大眼睛寻找我的作品题目和名字，一个月过去了，两个月过去了……失望，一次次失望。在《解放军文艺》登一篇稿子真难！我心灰意冷，再也不抱希望了。于是，我又把稿子修改了一次，投寄《人民文学》。他们答复近期要发表。

那天，我到《解放军文艺》编辑部，是送另一篇新写的散文，径直找给我写退稿信的寒风。他正在低头看稿，我报出了我的名字后，他抬起头笑嘻嘻地说："你就是王宗仁同志呀！你从高原来，辛苦了，请坐！"落座后还没等我回话，他又说："我这里还有你的作品，准备近期就发排！"我听了惊慌多于高兴，他说的肯定就是我修改后的那篇散文了。我一时慌手慌脚，不知该说什么不该说什么。寒风大概看出了我不自在的样儿，说："刊物来稿多，压了一段时间，没有及时通知你！"

不能装聋卖哑了，我如实地告诉寒风，这篇作品我寄给《人民文学》了，他们近期可能刊登出来。说毕，我等待着寒风的批评或冷淡。没想到他很替我高兴地说："这好！这好！《人民文学》刊登出来比我们的影响大！祝贺你！你重新给我们写一篇，还是高原题材！"

这篇散文就是发表在《人民文学》1965年第七期上的《夜夜红》。

后来，我读寒风的长篇小说《淮海大战》《上党之战》，就格外亲切，受益匪浅。

纪鹏的来信

此后，我和《解放军文艺》的联系就一年比一年多了，我们不仅是稿件往来，更多的是交流友谊，凌行正、李瑛、纪鹏、王中才、袁厚春、佘开国、王瑛、文清丽，都是我的良师益友。我们在交流写作的同时，也增进了相互的情感。难忘纪鹏写给我的十五封信，仅展示其中的一封。

需要说明的是，这些信件中有一部分是谈散文诗创作，一度我们都在柯兰同志创建的中国散文诗学会兼职工作，下面这封信是他给我谈为文艺社写散文的事，言词亲切，语重心长。

王宗仁同志：

　　你好！

　　现在忙些什么？你寄的《昆仑铃声》已发排，因考虑军区、军兵种的稿件安排，五月号复刊号还没有排上。手头还有新作？总后的文艺创作工作由谁抓？目前有作者集中或写作安排没有？现在不少军区、兵种都在办写作学习班，希望你们也能组织一次作者写些作品——当前报告文学、散文更缺些，继续对本刊大力支持。

　　现将大样寄去一份，望校对修改，尔后寄还。有空儿想去看看你和窦孝鹏等相熟同志。柳静同志归来否，也望代为问候。见信后打个电话，我们的电话是66XXXXX，66XXXXX。

　　祝

　　近佳

纪鹏
25/3

我接到纪鹏的信和《昆仑铃声》大样后，认真校对了一遍，很快寄还。不久，这篇散文刊于1972年第七期《解放军文艺》，随后被选入陕西人民出版社一本作品集。西北大学将其作为学生的课外读本，正在西北大学上学的工农兵学员贾平凹多方打听和我联系上，我俩从此相识。1982年我们总后在西安举办文学创作班，我特地请他讲课。不久，我根据他讲课内容，写下了十篇《平凹谈文》，发表在《后勤文艺》等刊物上。

同走世界屋脊

　　王瑛、文清丽两任《解放军文艺》主编，一起随同我走了一趟世界屋脊，在我们身上留下了太深的印痕。我说的是世界屋脊青藏高原，而不只是青藏线。

时间：1999年8月8日至8月24日。

这是我走青藏高原时间最长的一次。我在格尔木路边一位小姑娘的打字房里制作的名片上记载着我们丈量过的路线：

西宁——塔尔寺——青海湖——日月山——黑马河——格尔木——将军楼——望柳庄——望柳池——胡杨林——昆仑山——昆仑桥——纳赤台——不冻泉——楚玛尔河——风火山——五道梁——长江源头——二道沟——唐古拉山——安多——那曲——当雄——谷露——八塔寺——冈底斯山——陶儿九山——羊八井——拉萨——布达拉宫——八角街——大昭寺——哲蚌寺——日喀则——扎什伦布寺——泽当镇——雍布拉康寺——昌珠寺——拉萨河。

一路同行的还有作家卢晓渤、陈忠实、庞天舒、王鹏。

此次行旅时间较长，跋涉的地点多。王瑛多次对我说过这样的话："对于大多数人来说，只能在想象中仰望青藏高原，而你却在数十年里，几乎每年都要从北京去一趟青藏高原，你的名字一直与青藏军人联系在一起，因为你的每一篇作品都是那片亘古高原上的故事。"走了青藏高原后，文清丽在给我的散文集《情断无人区》写序时，这样回忆我们那次青藏之行她对我的印象："我们到了某一个地方，他不说话了，脸色凝重了，就知道他想起了牺牲的战友，想起了那些发黄的记忆。果然，他说了，就是这里，五个护线的女兵倒下了再也没有起来。"

我明白了，她们随我走高原，更多的是要接受那块高地对自己灵魂的冲击和净化。一个读高原题材作品的编辑，想到的不仅是了解作者写作的背景，还有作品中的人物以及这些人物对自己应该带来更直接的感动。荒凉的高原出境界！这难道不是编辑的高尚品质吗？

难忘成文君对她们尤其是对王瑛的情感冲击。王瑛从我作品里了解到成元生女儿成文君的故事后，此次高原之行专门访见了成文君。文君是一等功臣成元生的遗腹女。成元生在驾驶汽车给西藏边防运送战备物资途中，受到高原反应的袭击，头剧烈疼痛，他用背包带紧紧扎住头部坚持把车开到兵站后，趴在方向盘上停止了呼吸。他牺牲后，妻子在家乡生下女儿文君。后来，妻子撇下刚满月的女儿嫁人了，年迈的爷爷把孙女管养到十五岁时也离开了人世。爷爷临终前，从枕头下拿出一封皱皱巴巴的信，让文君按照信封上的地址去找她父亲的部队。文君只身出门，步行、倒汽车、坐火车，跋涉了半个多月，才在格尔木找到父亲生前的部队。领导含着热泪听了文君的哭诉，破例批准她入伍。后来成文君到北京某军医学校上学，毕业时领导有意把她分配到北京部队，她坚决要求回到高原那父亲生前所在的部队。

我们奔波青藏高原之后，《解放军文艺》在2005年第一期发表了王瑛和我的访谈《人与一片亘古的高原》，责任编辑是文清丽。王瑛在文中深情地谈了她见到文君的心情：

我在青藏兵站部通信营看见了那个叫成文君的女兵。她的父亲成元生最后牺牲在海拔四千多米的两道河兵站。我不知道他在生命的最后时刻是否想到了他那怀着孩子的妻子。一旦上了高原，我就禁不住地想去看看成元生的女儿，结果看到成文君的那一刻竟比读到她父亲牺牲时更让我感动。如果世间有什么能够告慰成元生高尚的英灵，那就是十八年后，他从未见过面的女儿从江南家乡来到青藏高原，来到他身边，成为像他一样的高原军人。直到今天，我无法忘记，成文君送我们走出军营的时候，将头微低地倒向我，轻轻地说："你们什么时候再来？"那一刻，我的心一疼，高原在天地间无边无际地扩展着，我生怕眼前的苍苍茫茫会淹没成文君那江南女儿柔美的容颜。

王瑛写下的和成文君分别时的这段文字，我每读一次心里都会涌起酸楚的心疼。孤孤单单的一个女孩，没爹没娘，谁能不疼呢？如今，回忆起当年和文君分别时的不舍场面，心里更是涌起几多怜悯。王瑛说的"柔美的容颜"一句，尤其戳在我心窝！